NOTAS DO SUBSOLO & O GRANDE INQUISIDOR

NOTAS DO SUBSOLO & O GRANDE INQUISIDOR

FIÓDOR DOSTOIÉVSKI

TRADUÇÃO
Ruth Guimarães
Natália Nunes
Oscar Mendes

EDITORA
NOVA
FRONTEIRA

Editora Nova Fronteira Participações S.A.
Rua Candelária, 60 — 7º andar — Centro — 20091-020
Rio de Janeiro — RJ — Brasil
Tel.: (21) 3882-8200

Imagem de capa: *Nikolaj Alexandrowitsch Jaroschenko* — *Wikimedia Commons*

Dados Internacionais de Catalogação na Publicação (CIP)

D724n Dostoiévski, Fiódor
Notas do subsolo/ Fiódor Dostoiévski; traduzido por Ruth Guimarães, Natália Nunes, Oscar Mendes. – [Ed. especial]. – Rio de Janeiro: Nova Fronteira, 2022.
160 p.; 12,5 x 18 cm; (Clássicos para Todos)

ISBN: 978-65-5640-590-2

1. Literatura russa. I. Guimarães, Ruth. II. Nunes, Natália. III. Mendes, Oscar. IV. Título.

CDD: 891.73
CDU: 821.161.1

André Queiroz – CRB-4/2242

Sumário

Nota do Editor

Esta edição reúne a novela *Notas do subsolo*, escrita por Dostoiévski em 1864, e o capítulo "O grande inquisidor", do romance *Os irmãos Karamázov*, publicado entre 1879 e 1880 no jornal *O Mensageiro Russo*. A reunião desses dois textos tem por objetivo marcar dois momentos em que o projeto literário do autor toma formas mais acabadas. Em ambos os textos, vemos o homem em confronto com grandes sistemas de pensamento — o socialismo utópico e o racionalismo filosófico em *Notas do subsolo*, o cristianismo da Igreja Apostólica Romana em "O grande inquisidor" —, em luta para manter aquilo que, para Dostoiévski, define sua humanidade: a liberdade.

NOTAS DO SUBSOLO

Tradução
Ruth Guimarães

O subsolo

I

Eu sou um homem doente... Sou um homem malvado. Sou um homem desagradável. Creio que tenho uma doença do fígado. Aliás, não compreendo absolutamente nada da minha moléstia e não sei mesmo exatamente onde está o mal.

Não me cuido, nunca me cuidei, se bem que estime os médicos e a medicina. Demais, sou extremamente supersticioso, o bastante, em todo caso, para respeitar a medicina (sou bastante instruído: poderia então não ser supersticioso, mas sou). Não! Se não me trato, é pura maldade de minha parte. Não sabereis certamente compreender. Pois bem! Eu compreendo. Não poderei evidentemente explicar-vos em que errei, agindo tão malvadamente: sei muito bem que não são os médicos que eu incomodo, recusando-me a tratar-me. Não engano senão a mim mesmo; reconheço-o melhor que ninguém. Entretanto, é mesmo por malvadez que não me trato. Sofro do fígado! Tanto melhor! E tanto melhor ajuda se o mal piora.

Há muito tempo já que eu vivo assim: uns vinte anos, pouco mais ou menos. Tenho quarenta anos agora. Fui funcionário, pedi demissão. Fui um funcionário muito ruim. Era grosseiro e tinha prazer em sê-lo. Podia bem me compensar desta maneira, pois que eu não aceitava gorjetas (esta brincadeira não tem graça; mas não a suprimirei. Escrevi-a crendo que teria espírito; não a apagarei, entretanto, expressamente; porque vejo que queria me dar ares de importância). Quando os solicitantes em busca de informações se aproximavam da mesa diante da qual eu estava sentado, eu rangia os dentes; sentia uma volúpia indizível, quando conseguia causar-lhes algum aborrecimento. Conseguia-o quase sempre. Eram geralmente pessoas tímidas, acanhadas. Solicitantes, pois quê! Mas havia às vezes presumidos entre eles, petulantes, e eu detestava particularmente certo oficial. Ele não entendia de submissão e arrastava o grande sabre de um modo detestável. Durante um ano e meio movi-lhe guerra, por causa desse sabre, e finalmente saí vencedor: ele parou de teimar. Isto, aliás, se passava no tempo da minha mocidade.

Ora, sabeis, senhores, o que excitava sobretudo minha raiva, o que a tornava particularmente vil e estúpida? É que eu me inteirava vergonhosamente, mesmo quando a minha bílis se esparramava mais violentamente, que eu não era mau homem, no fundo, não era mesmo um homem azedo, e que tomava gosto, muito simplesmente, em assustar os pardais. Tenho espuma na boca; mas, trazei-me uma boneca, oferecei-me uma chávena de chá bem doce, e é provável que eu me acalme; sentir-me-ei mesmo muito comovido. É verdade que, mais tarde, morderei os punhos de raiva, e de vergonha perderei o sono durante alguns meses. Sim, eu sou assim.

Menti antes, quando disse que tinha sido um mau funcionário. Foi por despeito que menti. Tentava muito simplesmente distrair-me com os solicitantes e esse oficial, e nunca pude conseguir tornar-me realmente mau. Com efeito, verificava sempre em mim a presença de um grande número de elementos diversos que se opunham violentamente. Sentia-os fervilharem em mim, por assim dizer. Sabia que estavam presentes sempre e aspiravam a manifestar-se do lado de fora, mas eu não os deixava; não, não lhes permitia evadirem-se. Atormentavam-me até à vergonha, até às convulsões. Oh! Como eu estava fatigado! Como estava saturado!

Mas não vos parece, senhores, que eu me arrependo e que vos peço perdão de não sei que crime? Estou certo, senhores, de que ides imaginar isso… Mas, aliás, digo-vos que, quer vós o imagineis ou não, isso me é indiferente…

Jamais consegui nada, nem mesmo me tornar malvado; não consegui ser belo, nem mau, nem canalha, nem herói, nem mesmo um inseto. E, agora, termino a existência no meu cantinho, onde tento piedosamente me consolar, aliás sem sucesso, dizendo-me que um homem inteligente não consegue nunca se tornar alguma coisa, e que só o imbecil triunfa. Sim, meus senhores, o homem do século XIX tem o dever de ser essencialmente destituído de caráter; está moralmente obrigado a isso. O homem que possui caráter, o homem de ação, é um ser essencialmente medíocre. Tal é a convicção de meus quarenta anos de existência.

Tenho quarenta anos atualmente. Ora, quarenta anos é toda a vida, é a profunda velhice. É inconveniente, é imoral, é vil viver além dos quarenta. Quem vive depois dos quarenta anos? Respondei sinceramente, honestamente! Vou dizer-vos, sim, eu: os imbecis, os patifes, esses vivem mais de quarenta anos. Eu o proclamarei em face de todos os velhos, de todos os respeitáveis velhos, de todos os velhos de cabelos cor de prata e perfumados! Eu o proclamarei em face do universo inteiro. Tenho o direito de falar assim, porque eu, eu viverei até os sessenta anos! Até os setenta anos! Até os oitenta anos! Mas esperai! Deixai-me tomar fôlego!

Imaginais, certamente, senhores, que me proponho vos fazer rir? Enganai-vos a esse respeito, como sobre o resto. Não sou de modo algum tão divertido quanto vos parece, ou quanto vos pode parecer. De resto, se agastados por toda essa tagarelice (estais irritados, sinto já), vós me perguntais o que sou, afinal de contas, responderei: sou um assistente de colégio. Entrei na administração para poder comer (mas unicamente para isso), e, quando no ano passado um dos meus parentes afastados me legou por testamento seis mil rublos, pedi depressa minha demissão e me enterrei no meu canto; ali morava já há muito tempo, mas instalei-me agora definitivamente. O quarto que ocupo nos confins da cidade é feio e desmantelado. Minha criada é uma velha camponesa que a burrice tornou malvada; além disso, cheira mal. Dizem-me que o clima de Petersburgo me é prejudicial, e que a vida custa caro demais para os recursos ínfimos de que disponho. Sei disso: sei bem melhor que todos esses sábios conselheiros. Mas fico em Petersburgo, não deixarei Petersburgo porque... Que eu parta ou não, aliás, que importa!...

Mas do que um homem honesto pode falar com mais prazer?

Resposta: de si mesmo.

Pois bem! Vou então falar de mim mesmo!

II

Quero agora contar-vos, meus senhores, quer o desejeis ou não, por que eu não consegui nem mesmo me tornar um inseto. Declaro-vos solenemente: um grande número de vezes já tentei tornar-me um inseto; mas não fui julgado digno disso.

Uma consciência clarividente demais, asseguro-vos, senhores, é uma doença, uma doença muito real. Uma consciência ordinária nos basta mais que amplamente em nossa vida cotidiana, isto é, uma porção igual à metade, a um quarto da consciência outorgada ao homem culto do nosso século XIX e que, para sua desgraça, habita Petersburgo, a mais abstrata, a mais "premeditada" das cidades que existem sobre a terra (pois há cidades premeditadas e outras que não o são). Ter-se-ia, por exemplo, amplamente o suficiente dessa porção de consciência que possuem os homens ditos sinceros, espontâneos, assim como os homens de ação.

Imaginais, aposto, que escrevo tudo isto por atitude, para zombar dos homens de ação, para me dar importância, como esse arrastador de sabre de que falava há pouco, mas seria uma atitude de muito mau gosto. Quem pensaria então, dizei-me, senhores, em se glorificar com suas doenças e fazer delas motivo de orgulho?

Mas que digo eu! Todo mundo age assim. É precisamente de suas moléstias que cada um tira glória, e eu, provavelmente, ainda mais que os outros. Não discutamos! Minha objeção é estúpida.

Entretanto — estou firmemente convencido —, a consciência, toda consciência é uma enfermidade. Eu o sustento. Mas deixemos isso por agora. Respondei-me a isto: como era possível que sempre, no instante mesmo — sim, como se fosse de propósito —, precisamente no instante em que eu era o mais capaz de apreciar todas as nuanças do belo, do sublime, como se dizia entre nós há pouco tempo,[1] me acontecesse não somente pensar, mas fazer coisas tão incongruentes

---

[1] Alusão ao idealismo e ao sentimentalismo que tinham reinado na literatura russa sob a influência, por um lado, de Rousseau e, por outro, do Romantismo alemão. (N.T.)

que... ações, para ser breve, que todos levam a cabo talvez bem, mas que eu praticava justamente quando tinha perfeita consciência de que era preciso me abster? Quanto mais o bem e todas as coisas "belas e sublimes" se tornavam claras à minha consciência, mais profundamente eu me afundava na minha lama, mais eu me sentia capaz de me enterrar definitivamente. Porém o que era particularmente notável é que esse desacordo não parecia uma coisa fortuita, dependendo das circunstâncias, mas parecia vir por si e se produzir muito naturalmente. Dir-se-ia que era meu estado normal e de modo nenhum uma doença ou um vício; a tal ponto que, finalmente, perdi todo o desejo de lutar. Enfim, para concluir, admito quase (talvez o admita completamente) que tal era com efeito o estado normal do meu espírito. Mas, antes, no começo, quantos sofrimentos suportei pacientemente nessa luta! Não acreditava que outros pudessem estar no mesmo caso, e durante toda a minha vida escondi essa particularidade como um segredo. Eu tinha vergonha (pode ser que tenha vergonha ainda hoje). Isso ia tão longe que me acontecia gozar uma espécie de prazer secreto, vil, anormal, ao entrar em casa, no meu buraco, por uma dessas noites petersburguesas sujas e feias, e repetindo-me que tinha ainda cometido uma vilania, nesse dia, e que era impossível reaparecer lá em cima. E inquietava--me então interiormente. Eu me atormentava, despedaçava-me, bebia longamente a minha amargura, fartava-me tanto que finalmente sentia uma espécie de fraqueza vergonhosa, maldita, em que gozava uma volúpia real. Sim, uma volúpia! Uma volúpia! Insisto nisso. Comecei a falar disso precisamente porque eu quero saber com justeza se os outros conhecem tais volúpias.

Explicar-te-ei: a volúpia, nesse caso, provinha de que eu me inteirava demais da minha humilhação; ela unia-se à sensação de ter atingido um último limite: tua situação é abominável, mas não pode ser outra; não te resta nenhuma saída; nunca poderás mudar, porque, mesmo que tivesses o tempo e a fé necessários, tu mesmo não quererias tornar-te um homem diferente; e, aliás, ainda que quisesses mudar, serias incapaz: com efeito, mudar em quê? — Não há talvez nada além disso!

Mas o essencial — e isso é o fim dos fins — é que tudo se cumpre conforme as leis fundamentais e normais da consciência requintada e dela flui diretamente, embora seja completamente impossível não somente mudar, mas, em geral, reagir, de um modo qualquer. A consciência requintada nos diz, por exemplo: "sim, tens razão, tu és um canalha"; mas o fato de eu poder verificar a minha própria canalhice não me consola de jeito nenhum de ser um canalha. Mas isto chega!... Quantas palavras, meu Deus. Mas que explicaste? De onde provém essa volúpia? Procuro explicar-me entretanto. Irei até o fim. Foi para isso que tomei a pena...

Assim, por exemplo, tenho um amor-próprio terrível; sou tão desconfiado e suscetível como um corcunda, ou um anão. Mas, verdadeiramente, houve minutos da minha existência em que, se me tivessem dado uma bofetada, eu teria sido muito feliz, talvez. Falo seriamente: teria podido certamente encontrar aí algum prazer, o prazer do desespero, evidentemente; é o desespero que encobre as volúpias mais ardentes, sobretudo quando a situação parece realmente sem saída. Ora, aí, no caso da bofetada, quanto aniquilamento essa sensação de ter sido esmagado assim!

Mas o principal é que sempre acontece que sou eu o culpado, de qualquer lado que se examinem as coisas, e, o que é mais, culpado sem afinal o ser, ou, dito por outra forma: de conformidade com as leis da natureza. Sou culpado, em primeiro lugar porque sou mais inteligente do que todos aqueles que me rodeiam (julguei-me sempre mais inteligente do que aqueles que me cercam, e acontece-me até — imaginai! — sentir-me confuso com a minha superioridade, de tal modo que durante a minha vida tenho olhado as pessoas de esguelha, por assim dizer, e nunca pude encará-las bem de frente). Sou culpado, além disso, porque, mesmo que eu tivesse tido um sentimento qualquer de generosidade, a consciência de sua inutilidade não teria servido senão para me atormentar ainda mais. Eu não teria podido certamente tirar nada daí: não teria podido perdoar, pois o ofensor teria me atacado conforme as leis da natureza, as quais não fazem caso do nosso perdão; mas impossível, por outro lado, esquecer, pois o insulto, por mais natural que seja, nem por isso permanece menos. Enfim, mesmo que eu renunciasse a ser generoso e quisesse, ao contrário, vingar-me do ofensor, não poderia fazê-lo, porque me era impossível decidir-me a agir, mesmo que tivesse esse direito.

E afinal, por quê? É a esse respeito que eu queria dizer-vos algumas palavras.

III

Como as coisas se passam entre aqueles que são capazes de se vingar e, em geral, de se defender?

Quando o desejo de vingança se apodera de seu espírito, não há lugar neles senão para esse desejo. Precipitam-se para a frente sem se desviarem, cornos abaixados, como touros furiosos, e não se detêm na carreira senão quando se encontram diante de um muro. A propósito, diante de um muro, esses senhores, isto é, as pessoas simples e espontâneas, os homens de ação, se apagam e cedem com toda a sinceridade. Para eles esse muro não é de maneira alguma o que é para nós outros, os que pensamos, e, por consequência, não agimos: quer dizer, uma escusa; não é de modo algum, a seus olhos, um pretexto cômodo para arrepiar caminho, pretexto no qual nós outros não acreditamos geralmente, mas do qual nos aproveitamos com alegria. Não, eles, eles cedem de todo o coração. O muro é a seus olhos um apaziguamento; oferece-lhes uma solução moral, definitiva, direi talvez mesmo mística. Mas tornaremos a falar ainda desse muro.

Pois bem, é precisamente esse homem simples e espontâneo que considero o homem normal por excelência, no qual pensava nossa terna mãe Natureza quando nos fazia amavelmente nascer sobre a terra. Invejo esse homem. Não nego: ele é estúpido. Mas que sabeis a esse respeito? É possível que o homem normal deva ser burro. E possível mesmo que isso seja muito belo. E essa suposição me parece tanto mais justificada quanto, se tomarmos a antítese do homem normal, isto é, o homem com a consciência refinada, o homem saído não do seio da natureza, mas de um alambique (é quase misticismo, senhores, mas estou inclinado também a essa suspeita), vê-se que esse homem alambicado se apaga por vezes a tal ponto diante da sua antítese e lhe cede que, malgrado todo o refinamento da sua consciência, acontece-lhe não mais se considerar senão tão pequeno como um rato. Será talvez um rato extremamente clarividente, mas nem por isso é menos um rato, e não um homem, enquanto que o outro é bem um homem; em consequência... etc., etc. Mas o pior é que ele se considera a si mesmo um ratinho, ele mesmo! Ninguém, com efeito, exige dele essa confissão. E isso é muito importante.

Vejamos então um pouco esse ratinho em ação. Ele também foi ofendido, por exemplo (ele se sente quase continuamente ofendido), e pretende se vingar. É possível que acumule em si mais raiva ainda que *o homem da natureza e da verdade*. O desejo desprezível e mesquinho de pagar ao seu ofensor o mal com o mal o domina, talvez ainda mais violentamente do que domina *o homem da natureza e da verdade*, porque este, em sua rudeza natural, considera sua vingança uma ação perfeitamente justa, enquanto o ratinho não lhe pode admitir a justiça, por causa de sua consciência mais clarividente. Mas eis-nos enfim chegados ao ato mesmo, à vingança. Em acréscimo à vilania inicial, o desgraçado ratinho conseguiu acumular em torno de si, sob a forma de dúvidas e hesitações, tantas outras vilanias, à primeira indagação ajuntou tantas outras, completamente insolúveis, que, por mais que faça, criou em torno de si um atoleiro fatal, um lodaçal fedorento, um charco de lama, formado de suas hesitações, de suas suspeitas, de sua agitação, de todos os escarros que fazem chover sobre ele os homens de ação que o cercam, o julgam, o aconselham e dele riem a bandeiras despregadas.

Não lhe resta então mais nada a fazer, evidentemente, que abandonar tudo, simulando desprezo, e desaparecer vergonhosamente no seu buraco. E lá, num sujo e lamacento subterrâneo, nosso ratinho, insultado, batido e escarnecido, lentamente mergulha na sua raiva fria, envenenada e sobretudo inesgotável. Durante quarenta anos, ele se lembrará do insulto sofrido, em todos os seus pormenores mais vergonhosos, e acrescentando-lhe de cada vez outros mais vergonhosos ainda, excitando-se malvadamente, atiçando-lhe a imaginação. Ele próprio terá vergonha, mas evocará todas as minúcias, passará em revista uma a uma todas as circunstâncias, inventará mesmo outras, sob o pretexto de que elas teriam podido acontecer, e não perdoará nada.

Talvez mesmo tente se vingar, mas em segredo, em pequenas doses, incógnito, sem nenhuma confiança nem em seu direito nem no sucesso da sua vingança, e sabendo muito bem que suas tentativas de vingança o farão sofrer muito mais a ele mesmo do que àquele contra o qual são dirigidas, e que nem sequer provavelmente as notará. No seu leito de morte, ele se recordará de novo e aí reunirá os proveitos acumulados, e então... Mas é precisamente essa mistura abominável e gelada de desespero e de esperança, é precisamente esse sepultamento voluntário, e essa existência de emparedado vivo, essa ausência, claramente percebida, mas sempre duvidosa, de toda solução, é esse vínculo de desejos insatisfeitos e enfurnados, de decisões febris tomadas para a eternidade, mas imediatamente seguidas de remorsos, é isso precisamente o que segrega essa volúpia estranha de que falava antes. Ela é tão sutil, às vezes escapa a tal ponto à consciência que as pessoas um tanto medíocres — ou mesmo aquelas que têm simplesmente os nervos sólidos — nada percebem. "Tampouco compreenderão", ajuntareis talvez zombeteiramente, "aqueles que nunca foram estapeados". E vós me fareis polidamente entender assim que recebi uma bofetada e que falo com conhecimento de causa. Aposto que o pensastes. Mas tranquilizai-vos, senhores, não fui esbofeteado, e, de resto, o que possais pensar a esse respeito me é completamente indiferente. Talvez seja eu quem lamente ter distribuído pouquíssimos bofetões em minha existência. Mas basta! Nem mais uma palavra sobre esse assunto, por mais interessante que seja para vós!

Continuo então tranquilamente a respeito das pessoas de nervos sólidos que não saboreiam certas volúpias sutis. Se bem que esses senhores deem mugidos como touros em certos casos, se bem que isso seja muito honroso para eles, entretanto, como eu disse, diante do impossível eles cedem, apagam-se. Impossibilidade! Portanto, muralha de pedra. Mas que muralha é essa? São as leis naturais evidentemente, os resultados das ciências exatas, as matemáticas. Se vos demonstram, por exemplo, que descendeis do macaco, inútil fazer cara feia! Deveis aceitá-lo. Se vos provam que uma só gota de vossa própria gordura vos deve ser mais cara que cem mil dos vossos semelhantes, e que é por isso que desabrocham todas as virtudes, todas as obrigações e outras fantasias e preconceitos, não há nada a fazer, deveis aceitá-lo, porque duas vezes dois são quatro; é da força das matemáticas. Tentai um pouco discutir![2]

"Perdão!", exclamarão, "vós ... não podeis protestar: duas vezes dois são quatro. A natureza não se importa com as vossas pretensões; ela não se preocupa com os vossos desejos e se suas leis não vos convêm, pouco se lhe dá. Sois obrigado a aceitá-la tal como é, assim como todas as consequências. Um muro é um muro..." etc., etc. Mas que me importam, meu Deus! As leis da natureza e a aritmética, se, por uma razão ou por outra, essas leis e este "duas vezes dois quatro" não me agradam? Não poderei evidentemente quebrar esse muro com a cabeça, se minhas forças não são suficientes; mas recuso-me a me humilhar diante desse obstáculo, pela única razão de que é um muro de pedra e que minhas forças são insuficientes!

Como se esse muro pudesse me trazer um apaziguamento qualquer, como se alguém se pudesse reconciliar com o impossível pela única razão de ter sido estabelecido "dois e dois serem quatro". Oh! O mais absurdo de todos os absurdos!

Quanto é mais penoso compreender tudo, tomar consciência de todas as impossibilidades, de todos os muros de pedra; porém não se humilhar diante de nenhuma dessas impossibilidades, diante de nenhuma dessas muralhas se isso te repugna, chegar, seguindo as deduções lógicas mais inelutáveis, às conclusões mais desesperadoras,

---

[2] Alusão à moral utilitária, preconizada na época por Tchernichevski, Dobroliubov e Pissarev. (N.T.)

no tocante a esse tema eterno de tua parte de responsabilidade nessa muralha de pedra, se bem que esteja claro até a evidência que tu não estás aqui para nada, e em consequência, mergulhares silenciosamente, mas rangendo deliciosamente os dentes, na tua inércia, pensando que não podes mesmo te revoltar contra seja o que for, porque não há ninguém em suma, porque isto não é senão uma farsa, senão uma falcatrua, porque é uma trapalhada, não se sabe o quê nem se sabe quem, porém que, malgrado todas estas velhacadas, malgrado esta ignorância, tu sofres, e tanto mais quanto menos compreendes.

IV

"Ah! Ah! Ah! Se é assim, você chegará a descobrir uma certa volúpia até na dor de dentes!", exclamais vós, rindo.

— Mas, sim, responderei; há uma volúpia na dor de dentes: tive dor de dentes um mês inteiro; sei o que digo. Não se sofre em silêncio, neste caso; geme-se. Mas a esses gemidos falta franqueza; há neles certa malignidade, e tudo está ali, precisamente. Esses gemidos exprimem a volúpia daquele que sofre; se a doença não lhe trouxesse um certo prazer, ele cessaria de se queixar. É um exemplo excelente, senhores, e vou desenvolvê-lo.

Esses gemidos exprimem, primeiramente, a consciência tão humilhante da perfeita inutilidade de vosso sofrimento, sua legalidade do ponto de vista da natureza, sobre a qual escarrais, evidentemente, mas que vos faz sofrer, permanecendo perfeitamente impassível. Significam também que vós compreendeis que o inimigo não existe, mas que a dor está lá, mesmo assim, e que, com todos os vossos Wagenheim, sois o escravo de vossos dentes: quando calhar, vossos dentes cessarão de doer; mas, se foi decidido de outra maneira, eles vos farão ainda sofrer durante três meses. E, se vós recusais a vos submeter e protestais apesar de tudo, não vos resta outro meio de vos consolardes senão o de vos esbofeteardes e de quebrardes os punhos contra a parede. Pois bem! São precisamente essas ofensas sangrentas, essas chalaças, que se permite não se sabe quem, são elas que suscitam esta sensação de prazer, a qual atinge por vezes a suprema volúpia.

Eu vos suplico, senhores, prestai atenção uma vez aos gemidos de um homem culto do século XIX que sofre dos dentes há dois ou três dias, quando ele se põe a gemer de modo diferente do primeiro dia, isto é, não unicamente porque tem uma dor, não como um grosseiro camponês, mas como um ser instruído que se pôs em contato com a civilização europeia, como um homem "desligado do solo natal e dos princípios nacionais", como se diz hoje em dia.[3] Seus gemidos se fazem maus, raivosos e não cessam mais, nem de dia nem de noite. Ele próprio sente muito bem, entretanto, que não lhe são de nenhuma utilidade. Melhor que ninguém, sabe que irrita os que o rodeiam e os tortura, e se tortura a si mesmo, sem proveito nenhum. Sabe que o público e a família, diante da qual se debate, não experimentam mais que desgosto com suas queixas, não mais acreditam nelas, e compreendem que poderia gemer de outra maneira, mais simplesmente, sem todos esses trinados, sem todas essas atitudes, e que ele exagera por malícia e por malvadez... Pois bem! Aí está! É justamente nessa humilhação claramente vista que jaz a volúpia. "Ah! eu vos desoriento, dilacero-vos o coração, impeço de dormir toda a casa! Pois bem! Tanto melhor! Não durmais então! Convencei-vos de que tenho dor de dentes! Não sou mais para vós esse herói que pretendia ser; não passo de um pobre poltrão, de um patife! Tanto melhor! Estou feliz, mesmo que me tenhais adivinhado enfim! Meus miseráveis gemidos vos são penosos de ouvir? Tanto pior! Eu vos lançarei numa roda-viva mais bela ainda!..."

Continuais a não compreender, senhores? — Sim, para poder apanhar todas as nuanças dessa volúpia sensual, é preciso que vossa consciência atinja uma grande profundidade. Rides? Sou muito feliz. Minhas brincadeiras, senhores, são de muito mau gosto, certamente; são embrulhadas e soam falso. Tudo isto provém de que eu

---

[3] Fórmula corrente da polêmica dos eslavófilos contra os ocidentalistas. (N.T.)

não me respeito; mas aquele que se conhece pode se estimar, por pouco que seja?

V

É possível verdadeiramente sentir ainda algum respeito por si mesmo, aquele que se dedicou a descobrir uma certa volúpia na consciência da sua própria humilhação? Isto que digo não é de modo algum ditado por insípido remorso. E, em geral, detesto dizer: "Perdoe-me, papai, não o farei nunca mais!" Não porque seja incapaz de pronunciar estas palavras, mas, talvez muito ao contrário, porque sou capaz demais!

E, como um fato expresso, eu me precipitava para a frente precisamente quando não estava absolutamente para nada no negócio. Era o que havia de mais repugnante. E com isto eu me enternecia, confessava-me, chorava e, por fim, naturalmente, enganava-me a mim mesmo, não dissimulando, entretanto: era meu coração que me pregava estas partidas de mau gosto.

Neste caso nem sequer nos podíamos queixar das leis da natureza, embora essas leis me tivessem feito sofrer numerosos vexames no curso da minha existência. É penoso recordar tudo isto, e, de resto, naquele momento, era muito penoso também. Com efeito, um minuto mais, e convenço-me raivosamente de que tudo isto não é senão mentira, mentira ignóbil, infame comédia — esta contrição, este enternecimento, estes juramentos de vida nova! Vós me perguntareis por que me torturava, por que me deslocava assim? Resposta: porque me aborrecia demais permanecer de braços cruzados; eis aí por que me entreguei a essas contorções. Era assim, asseguro. Observai bem, senhores, e verificareis então que as coisas se passam precisamente assim. Eu imaginava aventuras e criava para mim uma existência fantástica para viver de um modo ou de outro. Quantas vezes, por exemplo, cheguei a me ofender, por motivos absurdos, de propósito: sabes bem, tu mesmo, que não há por que se zangar, e que te excitas a frio, mas te aqueces a tal ponto que chegas finalmente a te encolerizar sinceramente.

Tive sempre o gosto por estas histórias. Tanto e tão bem que finalmente perdi todo poder sobre mim mesmo. Uma vez, duas vezes mesmo, quis me forçar a me apaixonar. Sofri mesmo, senhores, garanto. Não se acredita nesse sofrimento, no fundo da alma, ri-se dele, quase, mas sofre-se verdadeiramente, de maneira muito real; fica-se com ciúme, fora de si... E a causa de tudo isto é o tédio, meus senhores; a inércia nos esmaga. O fundo legítimo, o fruto natural da consciência é com efeito a inércia: cruzam-se os braços com conhecimento de causa. Já falei disso. Digo e repito com insistência: todos os homens simples e sinceros, todos os homens ativos, são ativos justamente porque são obtusos e medíocres.

Como explicar isso? Eis aqui: por causa de sua estreiteza de espírito, eles tomam as causas secundárias, imediatas, pelas causas primeiras; e bem mais facilmente, bem mais rapidamente que os outros, imaginam ter encontrado razões sólidas, fundamentais, para sua atividade. Então eles se tranquilizam; ora, isto é o principal. Para poder agir, com efeito, é preciso previamente atingir uma perfeita tranquilidade e não mais conservar nenhuma dúvida. Mas como alcançar essa tranquilidade de espírito? Onde poderia eu encontrar os princípios fundamentais sobre os quais possa construir? Onde está minha base? Onde iria procurá-la?

Excito-me pensando. Por outras palavras, toda a causa em mim arrasta imediatamente uma outra após ela, ainda mais profunda, mais fundamental, e assim em seguida, até o infinito. Tal é a essência de todo pensamento, de toda consciência. Encontramo-nos então diante das leis da natureza. E o resultado? É sempre o mesmo, lembrai-vos! Falei-vos antes em vingança (certamente não penetrastes muito bem a coisa). Diz-se: o homem se vinga porque considera que isso é justo. Encontra então o princípio fundamental que procurava: é a justiça. Sente-se então completamente apaziguado e vinga-se com toda a tranquilidade e com pleno sucesso, estando persuadido de que cumpre uma ação justa e honesta. Ora, quanto a mim, eu não vejo nisso nada de justo nem de bom; e, se, por conseguinte, tento me vingar, é pura malvadez da minha parte. A raiva poderia evidentemente vencer todas as hesitações e seria então capaz de desempenhar com sucesso o papel dessa razão fundamental, precisamente porque ela não pode ser considerada como tal. Mas que fazer, se não sou suficientemente malvado? (Indiquei-o desde o começo.)

Minha raiva é submetida a uma espécie de decomposição química, em virtude justamente dessas mesmas malditas leis da consciência. Mal distingui o objeto do meu ódio, ei-lo que se desvanece, os motivos se dissipam, o responsável desapareceu, o insulto não é mais insulto, mas um golpe do destino, alguma coisa como uma dor de dentes, de que ninguém é culpado. E não me resta mais então outro consolo que quebrar meus punhos contra a parede. Na impossibilidade de encontrar as causas primeiras, renuncio então à minha vingança com um desdém afetado. Ah! Se a gente tentasse abandonar-se a seu sentimento, cegamente, sem reflexão alguma, sem procurar nenhuma razão, afastando para bem longe de si toda a consciência, nem que fosse por algum tempo! Seria então uma coisa muito diferente! Maldize ou adora, mas não permaneças de braços cruzados. A partir do depois de amanhã — último adiamento — tu te desprezarás de ter conscientemente te enganado a ti mesmo. Resultado final: bolha de sabão, inércia.

Ah! Senhores! É possível que eu me considere extremamente inteligente pela única razão de que, em toda a minha vida, nunca pude começar nem acabar fosse o que fosse. Não passo pois de um tagarela, de um tagarela inofensivo, de um impertinente como nós todos. Mas que fazer, senhores, se o destino de todo homem inteligente é tagarelar, isto é, derramar água numa peneira!

VI

Oh! Se eu não tivesse passado de um preguiçoso! Como eu me teria respeitado a mim mesmo! Ter-me-ia respeitado precisamente porque me teria visto capaz ao menos de preguiça, porque teria possuído então ao menos uma qualidade definida, da qual estaria certo. Pergunta: quem és? Resposta: um preguiçoso! Teria sido verdadeiramente muito agradável ouvir chamar-se assim. Tu estás então definido de maneira positiva; há alguma coisa então a dizer da tua pessoa... "Um preguiçoso!" — É um título, é uma função, é uma carreira, meus senhores! Não riais disto; é assim. Teria sido, assim, por direito, membro do primeiro clube do universo e teria passado todo o meu tempo a me respeitar. Conheci um sujeito cujo orgulho era ser entendido em Laffitte.[4] Considerava essa qualidade como uma virtude muito preciosa e não duvidou dele jamais. Morreu com a consciência não somente tranquila, mas triunfante mesmo, e teve razão. Eu teria nesse caso escolhido uma carreira: teria sido um preguiçoso e um glutão; não um guloso vulgar, mas um gozador, interessando-se por "tudo que é belo e sublime". Que pensais? Há muito tempo sonho isso. "O belo e o sublime" pesam como chumbo sobre a minha nuca desde que fiz quarenta anos. Desde que tenho quarenta anos! Mas antes? Teria sido muito diferente! Teria logo encontrado uma forma de atividade adaptada ao meu caráter: por exemplo, beber à saúde de todas as coisas "belas e sublimes". Teria agarrado cada ocasião de beber à glória "do belo e do sublime", depois de ter, previamente, deixado cair uma lágrima na minha taça. Eu teria então tornado todas as coisas "belas e sublimes"; teria descoberto "o belo e o sublime" até nas torpezas mais incontestáveis; teria derramado prantos tão abundantes, como aqueles que deixa escapar uma esponja. Um pintor, por exemplo, compôs um quadro digno de Ghê,[5] logo eu bebo à saúde desse pintor, porque amo tudo que é "belo e sublime". Um poeta escreveu *Como agradar a cada um*,[6] e eu bebo depressa à saúde de cada um, porque amo "o belo e o sublime". Isso me valerá o respeito geral; exigirei esse respeito; perseguirei com a minha cólera aquele que me recusar. Vivo pacificamente, morro solenemente.

---

[4] Banqueiro e político francês (1767-1844). (N.T.)

[5] Pintor realista e moralista. Pintou o retrato de Leon Tolstoi. (N.T.)

[6] Nikolai Nekrássov (1821–1878). . (N.T.)

Não é admirável? Não é esquisito? Teria deixado crescer um ventre tão opulento, teria erguido para o alto um nariz tão gorduroso, teria ornado meu rosto com um queixo tão vasto, que todos ao me verem teriam exclamado: "Eis aí um ser bem real, um ser positivo!" Como quiserdes, mas é bem agradável ouvir dizer tais coisas a seu respeito em nosso século, tão essencialmente negativo.

VII

Mas não são senão sonhos de ouro!

Oh! Dizei-me qual foi aquele que primeiro declarou, que proclamou primeiro que o homem não comete vilanias senão porque não se apercebe de seus próprios interesses, e que se fosse esclarecido, se lhe abrissem os olhos sobre seus verdadeiros interesses, sobre seus interesses normais, cessaria imediatamente de cometer vilanias, e se tornaria no mesmo instante bom e honesto, pois, esclarecido pela ciência e compreendendo seus verdadeiros interesses, encontraria no bem sua própria vantagem? Como está entendido que ninguém pode agir conscientemente contra seu próprio interesse, o homem seria então por assim dizer colocado na necessidade de fazer o bem. Oh! Criança! Criança pura e ingênua!

Mas dar-se-á que o homem, no curso desses milhares de anos, não agiu senão segundo o seu interesse? Que faremos então desses milhões de fatos que atestam que os homens, tendo embora perfeita consciência do seu interesse, o relegam a segundo plano e enveredam por um caminho totalmente diferente, cheio de riscos e de acasos? Não são, entretanto, forçados a isso; mas parece que querem precisamente evitar a estrada que se lhes indicava, para traçar livremente, caprichosamente, uma outra, cheia de dificuldades, absurda, mal reconhecível, obscura. É que essa liberdade possui a seus olhos mais atrativos que seus próprios interesses... O interesse! Que é o interesse? Vós vos empenhais em me definir com toda a exatidão em que consiste o interesse do homem? Que direis vós se um belo dia se vem a descobrir que o interesse humano em certos casos pode ou mesmo deve consistir em desejar não uma vantagem, mas um mal? Se é assim, se esse caso se pode apresentar, então tudo desmorona. Que pensais disto? Tal caso pode se apresentar?

Vós rides! Ride, senhores, mas respondei! Os interesses humanos estão enumerados com exatidão? Será que não existem alguns que não entram em nenhuma das vossas classificações e não podem aí encontrar lugar? Com efeito, tanto quanto sei, senhores, organizastes vosso registro dos interesses humanos de acordo com as cifras médias das estatísticas e das fórmulas econômico-científicas. Os interesses humanos são, pois, segundo vós, a riqueza, a tranquilidade, a liberdade, e assim por diante; de maneira que o homem que repelisse consciente e ostensivamente o vosso registro deveria ser considerado, na vossa opinião, e, aliás, também na minha, um obscurantista, um louco? Não é assim? Mas eis o que é bem estranho: como é possível que todos esses estatísticos, esses sábios, esses filantropos, deixem constantemente de lado um certo elemento nos seus cálculos de interesses humanos? Eles não querem mesmo levá-los em conta nas suas fórmulas, cujos resultados assim falseiam. A coisa não seria difícil, entretanto; por que não completar a lista e introduzir-lhe o elemento em questão?... Mas a dificuldade provém de que esse elemento tão particular não pode encontrar lugar em nenhuma classificação e não pode se inscrever em nenhuma lista. Eis um exemplo: eu tenho um amigo... Mas fico pensando nisso! Vós o conheceis também; ele é o amigo de todo mundo.

Quando se prepara para agir, esse senhor começa por explicar-vos muito claramente, com belas e grandes frases, como lhe é preciso agir para se conformar à razão e à verdade. É pouco dizer: ele discutirá com paixão, com entusiasmo, interesses reais e normais da Humanidade; escarnecerá cegamente dos tolos que não compreendem nem seus verdadeiros interesses, nem o verdadeiro valor da virtude. Mas, um quarto de hora depois, nem mais cedo nem mais tarde, sem razão nenhuma, sob um impulso interior mais poderoso que todas as considerações do interesse, ele fará uma coisa ridícula, uma tolice qualquer, e agirá então contra todos os preceitos que tinha citado, contra a razão, contra os seus interesses, contra tudo...

Previno-vos, de resto, que meu amigo é uma personalidade coletiva e que é difícil, por consequência, condená-lo sozinho. É precisamente a isto que quero chegar, senhores! Não há uma coisa, com efeito, que nos seja a todos mais cara que os nossos interesses mais preciosos? Por outras palavras (para não violar a lógica): não existe para nós um interesse (aquele que se deixa de lado, aquele de que acabamos de falar) mais interessante que todos os outros interesses, mais precioso que todos eles, e pelo qual o homem está pronto, se for preciso, a agir contra todas as regras, isto é, contra a razão, sacrificando-lhe sua honra, sua paz, sua felicidade, todas as coisas belas e vantajosas, em uma palavra, nada senão para atingir uma coisa única que lhe é mais cara que todas as outras, que constitui a seus olhos seu interesse supremo?

— Sim — direis —, mas é ainda de interesse que se trata... — Permiti! Vamos nos explicar; não é com jogos de palavras que se pode esclarecer a questão. O que faz a singularidade dessa coisa, desse interesse, é que ele destrói todas as nossas classificações e altera todos os sistemas edificados pelos amigos do gênero humano para a felicidade do homem. Em uma palavra, é um embaraço, um obstáculo. Mas, antes de vos apontar essa coisa, quero me comprometer pessoalmente, e afirmo então com altivez que todos esses belos sistemas, que todas essas teorias que pretendem explicar à Humanidade em que consistem seus interesses normais, a fim de que ela se torne logo virtuosa e nobre no seu esforço para atingir os ditos interesses, declaro que tudo isso não passa de logística.[7] Sim, pura logística! Crer que a renovação do gênero humano possa realizar-se fazendo-o conhecer seus verdadeiros interesses equivale, no meu modo de pensar, a admitir com Buckle[8] que a civilização suaviza o homem,

---

[7] Sistema que consiste em completar a experiência com o raciocínio. Diz-se de certos logaritmos empregados em astronomia. (N.T.)

[8] Historiador inglês (1822-1862). Em *História da Civilização na Inglaterra* tentou estabelecer as leis do desenvolvimento da Humanidade. (N.T.)

que se torna cada vez menos sanguinário, menos guerreiro. Buckle chegou a esse resultado muito logicamente, creio. Mas o homem nutre tal paixão pelos sistemas, pelas deduções abstratas, que está pronto a desfigurar conscientemente a verdade, pronto a fechar os olhos e tapar os ouvidos diante da verdade, tudo para justificar sua lógica.

Tomo este exemplo porque é convincente. Olhai pois em torno de vós! O sangue corre em borbotões, alegremente mesmo, como champanha. Vede nosso século XIX, no qual viveu Buckle! Vede Napoleão, o outro, o grande, e o de hoje! Vede a América do Norte e sua união, estabelecida para a eternidade! Vede enfim esse caricatural Schleswig-Holstein. Então em que é que a civilização nos adoça? A civilização não faz mais que desenvolver em nós a diversidade das sensações... nada mais. E, graças ao desenvolvimento dessa diversidade, é muito possível que o homem acabe por descobrir uma certa volúpia no sangue. Isto aliás já aconteceu.

Notastes já que os sanguinários mais refinados foram sempre senhores muito civilizados, junto dos quais todos esses Átila, todos esses Stenka Razine fariam uma figura bem mesquinha. Se esses senhores se fazem notar menos, é que se encontram mais frequentemente, e estamos habituados com isso. Mas se a civilização não tornou o homem mais sanguinário, tornou-o sem dúvida mais sordidamente, mais covardemente sanguinário. Antigamente, o homem considerava que tinha o direito de derramar sangue, e era com a consciência bem tranquila que destruía o que bem lhe parecia. Hoje, embora considerando a efusão de sangue uma ação condenável, nem por isso deixamos de matar, e mais frequentemente ainda do que antes. Isto vale mais? Decidi vós mesmos. Diz-se que Cleópatra (desculpai este exemplo tirado da História romana) divertia-se em espetar agulhas no seio das escravas e experimentava grande prazer com seus gritos e contorções. Dir-me-eis que isso se passava numa época relativamente bárbara, que nosso século é bárbaro também, pois continuam a espetar agulhas na carne, que o homem, se bem que tenha adquirido uma compreensão mais clara das coisas que naqueles recuados tempos, não pôde ainda se habituar a seguir as normas da razão e da ciência. Mas estais certos, não obstante, que ele se habituará quando se desfizer completamente de certas tendências ruins, e quando o senso comum e a ciência tiverem completamente reeducado a natureza humana, e a tiverem orientado para um caminho normal. Estais certos de que então o homem deixará de se enganar deliberadamente e se verá por assim dizer na impossibilidade de querer opor sua vontade aos seus interesses normais.

Mas há mais ainda: então, dizeis, a ciência ensinará ao homem (mas, na minha opinião, isto já é um luxo supérfluo) que ele nunca teve vontade, nem caprichos, e que não passa, em suma, de uma tecla de piano, de um pedal de órgão; o que realiza, por conseguinte, realiza-o, não segundo sua vontade, mas conforme as leis da natureza. Basta pois descobrir essas leis e o homem então não poderá mais ser considerado responsável por suas ações, e a vida se lhe tornará extremamente fácil. Todas as ações humanas poderão ser evidentemente calculadas matematicamente, de acordo com essas leis, como se faz para os logaritmos, até o centésimo milésimo, e serão inscritas nas efemérides, ou far-se-ão livros estimáveis, no gênero dos nossos dicionários enciclopédicos, onde tudo ficará tão bem calculado e previsto que não haverá mais aventuras, nem mesmo mais ações.

Então, e sois vós quem continua a falar, ver-se-á estabelecerem--se novas relações econômicas que serão, por sua vez, fixadas com precisão matemática, que todas as dúvidas desaparecerão logo, pela simples razão de que se terão descoberto todas as soluções. Então se edificará um vasto palácio de cristal. Então veremos o Pássaro de Fogo, então...[9] Não se pode certamente garantir (sou eu que falo agora) que não será terrivelmente fastidioso (que fazer, com efeito, se tudo está calculado e fixado de antemão?); em compensação, serão todos muito sábios. Evidentemente o tédio pode ser mau conselheiro: é o tédio que nos faz enterrar agulhas de ouro

---

9 Alusão à visão utópica da futura sociedade no célebre romance de Tchernichevski, *Que Fazer?* (N.T.)

na carne... Mas isto não é nada ainda. O que é mais grave (sou eu quem continua a falar) é que talvez nos acharemos então muito felizes de ter à mão agulhas de ouro: o homem é bruto, terrivelmente bruto, ou, melhor dizendo, não é tão bruto quanto ingrato, e é difícil encontrar quem seja mais ingrato que ele. Eu não teria ficado pois admirado se, no meio dessa felicidade, se levantasse de súbito um cavalheiro despojado de elegância, com o rosto "retrógrado" e escarninho, e que nos dissesse, pondo as mãos na cintura: "Pois bem, senhores! Se jogássemos por terra, de um só pontapé, toda essa felicidade tranquila, nada mais que para mandar os logaritmos ao diabo e poder recomeçar a viver segundo a nossa tola fantasia?" Isso não seria ainda nada; mas o mais terrível é que esse personagem encontraria certamente discípulos. O homem é feito assim. E tudo isso por causa de uma coisa ínfima que se poderia desprezar completamente, parece: tudo isso porque todo e qualquer homem aspira, sempre e em todas as situações, a agir segundo sua vontade e não de acordo com as prescrições da razão e do interesse; ora, vossa vontade pode e *deve* mesmo, por vezes (esta ideia me pertence, como propriedade particular), se opor aos vossos interesses. Minha vontade livre, meu arbítrio, meu capricho, por estapafúrdio que seja, minha fantasia sobre-excitada até a demência, eis precisamente a coisa que se põe de lado, o interesse mais precioso que não pode encontrar lugar em nenhuma de vossas classificações, e que quebra, em mil pedaços, todos os sistemas, todas as teorias.

Onde, pois, aprenderam os nossos sábios que o homem tem necessidade de não sei que vontade normal e a virtuosa? Por que imaginaram eles que o homem tem aspirações após uma certa vontade racional e útil? O homem não aspira senão depois de uma vontade *independente*, qualquer que seja o preço e sejam quais forem os resultados. Mas só o diabo sabe o que essa vontade vale...

VIII

— Ah! Ah! Ah! Mas a vontade, isso é coisa que não existe! — vós me interrompeis rindo. — A ciência já conseguiu tão bem dissecar o homem que, a partir de agora, sabemos que a vontade e o que se chama de livre-arbítrio não passam de...

Permiti, senhores! Eu próprio me preparava para começar assim. Tive mesmo medo, confesso-vos; ia gritar que a vontade depende sabe o diabo de quê, e que talvez se trate de algo muito bom, mas lembrei-me da ciência e mordi a língua: foi então que me interrompestes com efeito, se se conseguir descobrir a fórmula de todos os nossos desejos, de todos os nossos caprichos, isto é, de onde provêm, de acordo com que leis se desenvolvem, como se reproduzem, para que fins tendem em tais ou tais casos etc., é provável, então, que o homem deixe logo de querer, nem sequer é provável, é certo. Que prazer haverá em não querer senão em conformidade com tábuas de cálculos? Mas isto é dizer pouco ainda: o homem cairá imediatamente na categoria de uma simples peça. Na verdade, que é um homem despojado de desejo, de vontade, senão uma peça, uma transmissão?! Que pensais disto? Examinemos pois as probabilidades: tal ou tal coisa poderá se produzir ou não?

— Hum! — dizeis. — Nossos desejos se enganam muito frequentemente, porque nos enganamos na avaliação dos nossos interesses. Acontece-nos querermos coisas ineptas porque, com a ajuda da nossa estupidez, cremos nos aproximarmos assim do que consideramos particularmente interessante. Mas quando tudo estiver explicado, quando tudo for posto em ordem e fixado de antemão (o que é muito possível, pois é ridículo, pois é estúpido crer que certas leis da natureza permanecerão indecifráveis), então, evidentemente, não haverá mais lugar para o que se chama de desejos. Se nossa vontade entra então em conflito com a nossa razão, poderemos raciocinar e não querer, porque é impossível a um ser racional desejar inépcias, contradizer conscientemente a razão e procurar prejudicar-se... E, uma vez que todos os desejos e todos os raciocínios podem ser calculados antecipadamente, porque estarão descobertas as leis do nosso suposto livre-arbítrio, tornar-se-á possível, um dia (eu não gracejo), organizar uma espécie de lista, e ter vontade, reportando-nos ela. Admitamos que me seja provado um dia que, se eu mostrei o punho fechado a alguém, é que não podia agir de outra forma, e que devia fechar o punho precisamente assim; de que liberdade disponho eu ainda, sobretudo se sou eu próprio instruído e se possuo um diploma? Posso então calcular minha existência com trinta anos de antecedência. Numa palavra, se isto se realizar, não teremos mais nada a fazer senão compreender. E, em geral, devemos repetir-nos sem descanso que nesse instante e precisamente nessa circunstância a natureza não se preocupa conosco de maneira nenhuma, e que é preciso aceitá-la como é, e não como a enfeita a nossa fantasia, e que se aspiramos realmente às fórmulas, às efemérides, aos alambiques, não há nada a fazer, é preciso aceitar o alambique; senão ele passará perfeitamente sem a nossa aprovação.

Sim, mas é aqui justamente que me aparece a dificuldade. Mas, perdoai-me por me ter posto assim a filosofar. Não o esqueçais: tenho quarenta anos de subsolo. Permiti-me soltar as rédeas à minha fantasia. Vede, senhores, a razão é uma coisa excelente; isto é incontestável; mas a razão é a razão e não satisfaz senão a faculdade de raciocínio do homem, enquanto o desejo é a expressão da totalidade da vida, isto é, da vida humana inteira, inclusive a razão e seus escrúpulos; e, se bem que nossa vida, tal como se exprime assim, se revista frequentemente de um aspecto muito velhaco, nem por isso é menos vida, e não a extração da raiz quadrada.

Assim comigo, por exemplo: eu quero viver, naturalmente, a fim de satisfazer minha faculdade de existência em sua totalidade e não para satisfazer unicamente a minha faculdade de raciocínio, que não representa, em suma, senão a vigésima parte das forças que estão em mim. Que sabe a razão? A razão não sabe senão o que aprendeu (ela não saberá nunca outra coisa, provavelmente; e, embora isso não seja uma consolação, não o devemos dissimular), enquanto a natureza humana age com todo o seu peso, por assim dizer, com tudo que ela contém em si, consciente e inconscientemente; acontece-lhe cometer disparates, mas vive.

Suspeito, senhores, que me considerais com um certo desdém: vós me repetis que é impossível a um homem esclarecido e culto, ao homem do futuro, em uma palavra, que lhe é impossível querer deliberadamente o que for contrário aos seus interesses; é claro como as matemáticas. Estou inteiramente de acordo: sim, é matematicamente exato. Mas repito-vos pela centésima vez: existe um caso, um único, em que o homem pode deliberadamente, expressamente, rebuscar o que lhe é desfavorável, o que lhe parece estúpido, inepto, com o único fim de se subtrair à obrigação de escolher o aproveitável, o digno. Porque essa inépcia, esse capricho, talvez seja, efetivamente, meus senhores, o que há de mais vantajoso para nós sobre a terra, sobretudo em certos casos. É possível mesmo que essa vantagem seja superior a todas as outras, mesmo quando nos é manifestamente prejudicial e contradiz as conclusões mais justas do nosso raciocínio. Conserva-nos, com efeito, o principal, o que nos é mais caro, isto é, nossa personalidade. Alguns afirmam que isso é precisamente o que temos de mais precioso. A vontade pode querer por vezes se pôr de acordo com a razão, sobretudo se não se abusa desse acordo e se dele se aproveita moderadamente. Isto pode ser útil e digno de aprovação. Mas, muito frequentemente, o mais frequente mesmo, é a vontade recusar-se obstinadamente a concordar com a razão, e então... então... Mas sabeis que isto *também* é extremamente útil e digno de aprovação?

Admitamos, senhores, que o homem não é um bruto. Não se pode dizer, com efeito, que ele o seja, porque, se o fosse, quem poderia então reivindicar a inteligência? Mas, se não é um bruto, é no mínimo monstruosamente ingrato, extraordinariamente ingrato. Creio mesmo que é a melhor definição que se possa dar do homem: um ser com dois pés e ingrato. Mas não é tudo ainda: esse não é ainda o seu principal defeito. Seu principal defeito é o mau caráter, que ele conservou inalterável, desde o dilúvio universal até o período schleswig-holsteiniano de nossa História. Mau caráter, e, em consequência, conduta insensata, porque se sabe há muito tempo que esta decorre daquele. Tentai, lançai um olhar pela História da Humanidade! Que vedes? É grandioso, dizeis? — Sim, bem pode ser; só o Colosso de Rodes já representa alguma coisa. E não é em vão que M. Anajevski[10] nos lembra que, segundo uns, o colosso era uma obra humana, ao passo que outros afirmavam que era o produto das forças naturais. Estareis chocados pela variedade? Sim, há nisso uma certa variedade: para disso nos convencermos, basta lançarmos uma olhadela pelos grandes uniformes civis e militares, e, se lhes ajuntarmos as pequenas fardas, perder-nos-emos completamente; nenhum historiador resistirá a isso. Monótono, direis? — É possível. Não se faz senão guerrear com efeito. Luta-se hoje, lutou-se ontem, lutar-se-á amanhã. É mesmo um pouco monótono demais, confessai!

Numa palavra, pode-se dizer tudo da História Universal, tudo que se apresentar à imaginação mais desregrada. Mas é impossível dizer que ela é racional; equivocar-vos-eis desde a primeira sílaba. E, ademais, eis ainda o que se passa constantemente: homens aparecem, sensatos e de bons costumes, filantropos, cujo fim é levar uma existência racional e honesta, a fim de agirem pelo exemplo sobre seus semelhantes e de provar-lhes que é possível viver sabiamente. Mas que acontece, então? Sabe-se que grande número desses amantes da sabedoria acabam, mais cedo ou mais tarde, por trair suas ideias e se comprometer em escandalosas histórias.

Pois bem! Eu vos pergunto: o que se pode então esperar do homem, desse ser dotado de qualidades tão estranhas? Tentai derramar sobre ele todos os bens da terra; mergulhai-o na felicidade, tão profundamente, que não se distingam mais na superfície senão algumas bolhas de ar: satisfazei suas necessidades econômicas tão completamente que ele não tenha mais nada a fazer senão dormir, comer pães de mel e pensar nos meios de fazer durar a História Universal — pois bem! mesmo nesse caso o homem, por pura ingratidão, por necessidade de se emporcalhar, cometerá, à guisa

---

[10] Autor de manuais escolares. (N.T.)

de agradecimento, uma vilania qualquer. Correrá até o risco de perder os seus pães de mel e procurará as inépcias mais perigosas, os absurdos menos proveitosos, só para misturar a essa sabedoria tão positiva um elemento fantástico, pernicioso. São precisamente os seus sonhos mais fantásticos, é a sua asnice mais vulgar, que ele pretenderá conservar, unicamente para provar a si mesmo (como se isso fosse verdadeiramente tão necessário) que os homens são homens e não teclas de piano, sobre as quais se dignam tocar, é verdade, as leis da natureza, que tocam de resto com tal brio que muito em breve não será possível querer seja o que for sem se referir aos calendários. E depois, mesmo que se achasse que o homem não passa realmente de uma tecla de piano, se se chegasse a lhe demonstrar matematicamente, mesmo nesse caso, ele não tomaria juízo e cometeria alguma incongruência, apenas para marcar bem sua ingratidão e perseverar no seu capricho. E, no caso em que os outros meios lhe faltassem, ele se afundaria na destruição, no caos; desencadearia não sei que males, mas não faria finalmente senão o que lhe desse na cabeça. Lançará sua maldição sobre o mundo, e, como só ao homem é dado amaldiçoar (isto é bem um privilégio seu, que o distingue muito particularmente dos outros animais), alcançará assim os seus fins, isto é, convencer-se de que é um homem e não uma peça.

Se me disserdes que o caos, as trevas, as maldições, que tudo isso pode também ser calculado de antemão, se bem que a só possibilidade desse cálculo irá paralisar o impulso do homem e que a razão triunfará, assim, uma vez mais, então eu vos confessarei que o homem só terá um meio de fazer o que lhe apraz, que é perder a razão e tornar-se completamente louco.

Isto é óbvio para mim; eu vo-lo garanto, pois parece claro que desde todos os tempos a grande preocupação do homem foi provar sem cessar a si mesmo que ele era um homem e não uma engrenagem. Com isso arriscava a pele, mas provava-o: vivia como um troglodita, mas provava-o. E como, depois de tudo isto, não pecar, como não nos felicitarmos por não estarmos ainda nessa situação e por a nossa vontade depender ainda não se sabe de quê?

Vós exclamais (se me fazeis ainda a honra de gritar) que ninguém pensa em me privar de minha vontade, que a gente só se agita para arrumar as coisas de tal maneira que, por si mesma, por sua própria iniciativa, minha vontade possa pôr-se de acordo com os meus interesses normais, com as leis naturais, com a aritmética.

Ora vamos, senhores! Que restará da minha vontade, quando tudo estiver nas tábuas de calcular e quando não houver mais que "duas vezes dois quatro"? Duas vezes dois serão quatro sem que minha vontade se incomode com isso. A vontade quer saber de coisa bem diferente!

IX

Senhores, gracejo evidentemente e eu próprio sei que meus gracejos não são muito bons; mas, aliás, não se trata unicamente de gracejos. É rangendo os dentes, talvez, que gracejo. Senhores, há problemas que me atormentam: ajudai-me a resolvê-los. Assim, quereis libertar o homem de seus antigos hábitos e corrigir-lhe a vontade segundo os dados da ciência e conforme ao senso comum. Mas como sabeis que o homem pode e deve ser corrigido? De onde concluístes que a vontade do homem deve necessariamente ser educada? Em uma palavra: por que pensais que essa educação lhe é realmente útil? E para dizer tudo: por que estais tão firmemente persuadidos de que é sempre vantajoso para o homem não contradizer seus interesses normais, reais, garantidos pelo raciocínio e pela aritmética? Isto não é, em suma, senão uma suposição vossa. Admitamos mesmo que tal seja com efeito a lei lógica; mas será verdadeiramente a lei humana? Pensais, talvez, que sou louco, senhores? Permiti-me que me explique.

Admito: o homem é um animal essencialmente construtor, obrigado a se dirigir conscientemente para um fim qualquer; é um engenheiro. Deve, pois, constantemente traçar caminhos novos, não importa em que direções. Mas é talvez por causa disso, precisamente, que tem por vezes desejo de escapar pela tangente, precisamente porque está *condenado* a traçar um caminho e também porque, por estúpido que seja o homem de ação, ele adivinha por vezes que toda estrada leva sempre a *alguma parte,* e que não é a sua direção que importa, mas o próprio fato de que ela o conduz para um lugar qualquer, a fim de que o menino sabido não se lembre de desprezar seu ofício de engenheiro e não se abandone à preguiça, a qual é, como se sabe, a mãe de todos os vícios. É indiscutível que o homem gosta muito de construir e traçar caminhos; mas como acontece então que ele ame tão apaixonadamente a destruição e o caos? Dizei-me. Mas eu mesmo gostaria de vos dizer algumas palavras a esse respeito.

Não será que ama tanto a destruição e o caos (ele os ama às vezes, é indiscutível) porque tem instintivamente medo de atingir o fim e terminar o edifício que constrói? O que sabeis disso? Ele não ama talvez esse edifício, senão de longe, e não de perto. Apraz-lhe, talvez, construí-lo, mas não morar nele, e está pronto talvez a abandoná-lo aos *animais domésticos*: às formigas, aos carneiros etc. As formigas, sim, têm outros gostos; possuem nesse gênero um edifício verdadeiramente extraordinário, construído para os séculos, o formigueiro.

Foi por um formigueiro que começaram as honradas formigas e é provável que tal seja também o termo da sua carreira, o que faz honra à sua constância e ao seu senso prático. Mas o homem é um ser versátil, e é possível que, à semelhança do jogador de xadrez, não ame senão a ação mesma e não o fim a atingir. E, quem sabe? (não se pode garantir), é possível que o único fim para o qual tende a Humanidade não consista senão nesse esforço, nessa ação; ou, por outra: a vida não teria fim exterior, o qual não pode evidentemente ser senão aquele "duas vezes dois quatro", isto é, uma fórmula. Ora, senhores, "duas vezes dois quatro" é um princípio de morte e não um princípio de vida. Em todo caso, o homem sempre teve medo desse "duas vezes dois quatro", e eu também tenho.

É verdade que o homem não se ocupa senão da procura desses "duas vezes dois quatro"; atravessa oceanos, arrisca a vida em sua perseguição; mas, quanto a encontrá-los, quanto a apanhá-los realmente — juro-vos que tem medo, pois ele se dá conta de que, uma vez encontrados, nada mais tem a fazer. Depois de terminarem o trabalho e de terem recebido, os operários vão ao botequim, para acabarem a noite na cadeia; têm então a sua conta ao menos por uma semana. Enquanto o homem, que se tornará ele? Em todo caso, observa-se constantemente nele certo constrangimento, sempre que atinge um fim. Tenta aproximar-se do fim, mas, tão logo o atinge, não está mais satisfeito; e isto é verdadeiramente bem cômico. Em uma palavra: o homem é construído de uma maneira muito cômica, e tudo isto faz o efeito de um calemburgo. Mas, seja como for, "duas vezes dois quatro" é uma coisa bem insuportável. "Duas vezes dois quatro", na minha opinião, respira impudência. "Duas vezes dois quatro" nos desfigura insolentemente. De mãos nos quadris, ele se nos atravessa no caminho e nos cospe na cara. Admito que "duas vezes dois quatro" seja uma coisa excelente, mas, se é preciso louvar tudo, eu vos direi que "duas vezes dois cinco" é também às vezes uma coisinha muito encantadora.

E por que pois estais tão inabalavelmente, tão solenemente convictos de que só é necessário o normal, o positivo, o bem-estar, em uma palavra? A razão não se engana em seus juízos? É possível que o homem não ame senão o bem-estar? Não é possível que ele ame na mesma medida o sofrimento? Não é possível que o sofrimento lhe seja tão vantajoso quanto o bem-estar? O homem se põe por vezes a amar apaixonadamente o sofrimento; isso é um fato. Não há necessidade de consultar a esse propósito a História Universal. Indagai vós mesmos se unicamente sois homens, e se tendes vivido, por pouco que seja. No que toca à minha opinião pessoal, dir-vos-ei que é mesmo inconveniente só amar o bem-estar. Está bem? Está mal? Isso eu não sei, mas às vezes é agradável quebrar alguma coisa. Não é precisamente o sofrimento que defendo aqui, ou o bem-estar: é meu capricho, e insisto para que ele me seja garantido, se for preciso. Nas comédias, por exemplo, não se admitem os sofrimentos, eu sei; tampouco podemos admiti-los num palácio de cristal: há dúvida, há negação no sofrimento, mas o que seria então de um palácio de cristal do qual se pudesse duvidar? Ora, estou certo de que o homem não renunciará jamais ao verdadeiro sofrimento, isto é, à destruição e ao caos.

O sofrimento! Mas é a causa única da consciência! Eu vos declarei, é verdade, no início, que a consciência, na minha opinião, é um dos maiores males do homem; mas sei que o homem a ama e não a trocará por nenhuma satisfação, seja qual for. A consciência, por exemplo, é infinitamente superior a "duas vezes dois quatro". Depois de "duas vezes dois", não resta evidentemente mais nada, não somente a fazer, mas mesmo a conhecer. A única coisa que nos resta, então, é tapar nossos cinco sentidos e mergulharmos na contemplação. Com a consciência chega-se, é verdade, a um resultado idêntico, isto é, à inação, mas poder-se-á, então, pelo menos dar-lhe uma chicotada, de vez em quando, o que vivifica um pouco o espírito, apesar de tudo. É muito reacionário, mas sempre vale mais do que nada.

X

Credes no palácio de cristal, indestrutível, para a eternidade, ao qual não se poderá mostrar a língua, nem mostrar os punhos às escondidas. Pois bem! Eu, se desconfio do palácio de cristal, é talvez justamente porque é de cristal e indestrutível e porque não se poderá lhe mostrar a língua, mesmo às escondidas.

Vede: se em lugar de um palácio de cristal eu só disponho de um galinheiro, quando chove, eu me insinuarei talvez no galinheiro, para fugir à chuva, mas ficando-lhe embora muito agradecido por ter me preservado, não tomarei meu galinheiro por um palácio. Rides, dizeis-me que em semelhante caso palácio e galinheiro se equivalem. Sim, responderei, se se vivesse apenas para não estar molhado.

Mas que fazer, se se me meteu na cabeça que não se vive somente para isso e que, se se vive, é num palácio que é preciso se instalar? Isto é minha vontade, isto é meu desejo. Vós não conseguireis me arrancar esta vontade, senão quando tiverdes modificado meus desejos. Pois bem! Modificai-os, apresentai-me um outro fim, oferecei-me um outro ideal! Mas, enquanto espero, recuso-me a tomar um galinheiro por um palácio de cristal. É possível que o palácio de cristal não seja senão um mito, que as leis da natureza não o admitam e que eu o tenha inventado por tolice, impelido por certos hábitos irracionais da nossa geração. Mas que me importa que ele seja inadmissível! Que me importa, pois que ele existe nos meus desejos, ou, para dizer melhor, pois que existe tanto quanto existem meus desejos? Continuais a rir, penso. Ride tanto quanto vos agrade! Aceitarei todas as zombarias, mas recusar-me-ei a me declarar saciado quando ainda tenho fome; não me contentarei com um compromisso, com um zero se renovando indefinidamente, pela única razão de que está conforme as leis da natureza e existe *realmente.* Não admitirei que o coroamento dos meus desejos possa ser uma casa de tijolos, com alojamentos a preço módico, arrendados por mil anos e ostentando a tabuleta do dentista Wagenheim. Destruí meus desejos, derrubai meu ideal, apresentai-me um fim melhor e eu vos seguirei. Dir-me-eis, talvez, que não vale a pena ocupardes-vos de mim; mas neste caso posso vos responder do mesmo modo. Nós discutimos seriamente, e, se não vos dignardes me conceder vossa atenção, pois bem! Não vou chorar por isso. Eu tenho meu subsolo.

Mas, enquanto existo, enquanto desejo, que minhas mãos sequem se levo um tijolinho que seja a essa casa! Não me digais que eu mesmo renunciei cedo ao palácio de cristal, pelo único motivo de não lhe poder mostrar a língua. Se falei assim, não é que eu goste tanto de mostrar a língua. Acontece porém que, e é isto precisamente que me irrita, de todos os vossos edifícios não há um ao qual não se possa mostrar a língua. Ao contrário, eu faria cortar minha língua, por gratidão, se se arranjassem as coisas de tal maneira que eu não tivesse mais desejo de a mostrar. Que me importa que as coisas não possam se arranjar assim e que seja preciso contentarmo-nos com alojamentos a preços módicos! Por que tenho eu tais desejos? Não sou feito assim, senão para poder verificar que essa constituição não é senão uma brincadeira de mau gosto? É esse verdadeiramente o único fim? — Não o admito.

De resto, sabeis o que vou dizer-vos? Estou persuadido de que nós outros, homens do subsolo, devemos ser mantidos na trela. O homem do subsolo é capaz de permanecer silencioso no seu subsolo durante quarenta anos; mas, se sai do seu buraco, ele desabafa, e então fala, fala, fala...

XI

O fim dos fins, senhores, é não fazer nada, absolutamente nada. A inércia contemplativa é preferível seja ao que for. Assim pois, viva o subsolo! Se bem que eu tenha dito antes que invejava o homem normal até a derradeira gota da minha bílis, quando o vejo tal qual é, renuncio ao ser normal (não cessando todavia de ter inveja dele). Não! Não! Apesar de tudo o subsolo vale mais. Lá ao menos se pode... Ah! Eis que minto de novo! Minto porque sei, tão claramente quanto duas vezes dois são quatro, que não é o subsolo que vale mais, mas algo muito diferente a que aspiro, mas que não posso descobrir. Para o diabo o subsolo!

Se eu pudesse crer ao menos numa só palavra do que escrevo aqui! Juro-vos, senhores, que não creio em uma só palavra, em uma única e miserável palavrinha! Ou, melhor dizendo: creio, talvez, mas sinto no mesmo momento, suspeito, não sei por quê, que minto descaradamente.

— Mas, nesse caso, por que escreveu tudo isto? — perguntareis certamente.

Que teríeis dito se eu vos tivesse encerrado durante quarenta anos, sem fazer nada, e se, decorrido esse tempo, eu fosse visitar-vos no vosso subsolo para verificar no que vos tínheis tornado? Bem que eu gostaria de vos ver lá! Pode-se deixar durante quarenta anos um homem só e sem ocupação?

— Mas não é vergonhoso, não é humilhante! — me direis talvez, meneando a cabeça, com desprezo. — Você tem sede de vida, mas quer resolver as questões vitais por meio de mal-entendidos lógicos. E que obstinação! Que impudência com isso! — Mas tem medo, apesar de tudo. Você diz inépcias, mas sente-se feliz com elas. Diz insolências, mas tem medo e se desculpa. Declara que não receia ninguém, mas busca as nossas boas graças. Você nos assegura que range os dentes, mas graceja ao mesmo tempo, para nos fazer rir. Sabe que as suas sentenças não valem nada, mas parece muito satisfeito com a sua literatura. É possível que você tenha sofrido, mas não tem nenhum respeito pelo seu sofrimento. Há certa verdade em suas palavras, mas falta-lhes pudor. Sob a ação da vaidade mais mesquinha, você traz a sua verdade para a praça pública, expõe-na no mercado, para alvo de chacota. Você tem alguma coisa a dizer, mas o temor o faz escamotear a última palavra, pois é insolente, mas não audaz. Gaba a sua consciência, mas não é capaz senão de hesitação porque, embora sua inteligência trabalhe, seu coração está emporcalhado pela libertinagem; ora, se o coração não é puro, a consciência não pode ser clarividente, nem completa. E como você é importuno, como é molesto! Que palhaçada, a sua! Mentira tudo isso! Mentira! Mentira!

Todas estas palavras fui eu quem as disse, evidentemente. Elas também provêm do subsolo. Durante quarenta anos, prestei atenção por uma pequena fenda a esses discursos. Eu próprio os compus, pois não tinha outra coisa a fazer. Por isso foi-me fácil decorá-los e imprimir-lhes uma forma literária.

Mas, pudestes crer, verdadeiramente, que eu ia imprimir tudo isto e vo-lo dar para ler? E eis ainda o que não compreendo: por que me dirijo a vós, chamando-vos de "senhores", como se fôsseis leitores meus? Não se publicam, não se dão a ler a ninguém as confidências que eu me preparo para fazer aqui. Eu, em todo caso, não sou suficientemente forte para agir assim, e, de resto, não vejo a necessidade disso. Mas, vede, veio-me uma fantasia, e quero realizá-la custe o que custar. Eis do que se trata:

Entre as lembranças que cada um de nós possui, há algumas que não contamos senão aos nossos amigos. Há outras ainda que não confessaremos nem mesmo aos nossos amigos, que não repetiremos senão a nós mesmos, e, aliás, sob o signo do segredo. Mas existem enfim coisas que o homem não consente nem em confessar a si mesmo. No curso de sua existência, todo homem honesto acumulou dessas lembranças suficientemente. Direi mesmo que seu número é tanto mais importante quanto o homem é mais honesto. Eu, em todo caso, não faz muito tempo que me decidi a me lembrar de certas antigas aventuras minhas; até aqui, evitei-as, e não sem um tanto de inquietação. Ora, agora, quando as evoco e quero mesmo anotá-las, agora tenho a prova: é possível ser franco e sincero, ao menos cara a cara consigo mesmo, e poder-se-á dizer toda a verdade? Observarei a este propósito que Heine assegura que não podem existir autobiografias exatas, e que o homem mente sempre, quando fala de si mesmo. Rousseau, com seu ponto de vista, certamente nos enganou nas suas *Confissões* e mesmo deliberadamente, por vaidade. Estou certo de que Heine tem razão: compreendo muito bem que nos possamos sobrecarregar de crimes abomináveis, apenas por vaidade, e compreendo também o que pode ser esse sentimento. Mas Heine tinha em vista as confissões públicas; ora, eu não escrevo senão para mim sozinho e declaro de uma vez por todas que, se pareço dirigir-me ao leitor, é simplesmente um processo de que me sirvo para maior facilidade. Não é senão uma forma, uma forma vazia; e, quanto aos leitores, não os terei jamais. Já o declarei.

Não quero ser incomodado em nada na redação das minhas notas. Não observarei nenhuma ordem, nenhum sistema. Escreverei simplesmente o que me lembrar.

Mas vós poderíeis me pegar na palavra desde o começo e me perguntar: se é verdade que não pensa em seus leitores, por que então combina consigo mesmo — e no papel ainda! — que não observará nenhuma ordem, nenhum sistema, que registrará o que lhe passar pela cabeça etc.? Por que se explica? Por que essas desculpas?

Pois bem! Eis aí! É assim!

Há, de resto, aí, um caso psicológico interessante. É possível que eu seja muito simplesmente um covarde. Mas é possível também que imagine diante de mim um público, a fim de não perder o sentido das conveniências. É possível ter milhares desses motivos...

Mas há ainda outra coisa: por que, em suma, pus-me a escrever? Se não é para o público, não posso evocar minhas lembranças sem as lançar ao papel?

Com efeito, mas, quando estiverem fixadas no papel, adquirirão um aspecto mais solene. Isto me constrangerá, julgar-me-ei melhor e meu estilo ganhará. Demais, é possível que isto me traga certo consolo. Assim, hoje, estou particularmente oprimido por uma lembrança longínqua; surgiu em mim muito nitidamente há alguns dias e, desde então, me persegue sem tréguas, como um desses motivos musicais que não pretendem vos largar. Ora, é preciso absolutamente que eu me desembarace dela. Tenho centenas de recordações desse gênero; mas uma delas às vezes desperta de súbito e me agarra pela garganta. Eu imagino, não sei mesmo por quê, que, se a registrar, ficarei livre. Por que não tentaria?

E depois, enfim, eu me aborreço e nunca faço nada. Escrever as lembranças é um trabalho. Diz-se que o trabalho torna o homem bom e honesto. É então uma oportunidade que se me oferece...

A propósito da neve fundida

1ª história

> Quando o ardor da minha palavra persuasiva
> do abismo obscuro do erro retirou tua alma,
> profundamente degradada,
> e quando, cheia de uma dor atroz,
> torcendo os braços, maldisseste o vício,
> o vício que te havia fascinado,
> quando a tua consciência castigando,
> à existência passada renunciaste,
> e escondendo em tuas mãos teu rosto,
> de repente,
> cheia de horror e de vergonha,
> tu choraste...
> *Nekrássov*

Eu não tinha mais que vinte e quatro anos nessa época. Minha vida era já então o que é hoje: sombria, desordenada e ferozmente solitária. Não tinha relações e evitava mesmo falar fosse com quem fosse, não pensando senão em me afundar na minha toca. Durante as horas de expediente, na chancelaria, tratava de não levantar os olhos para ninguém; mas notava perfeitamente que meus colegas me consideravam um original e mesmo — parecia-me adivinhá-lo também — olhavam-me com certa antipatia. Às vezes eu me perguntava: por que sou eu o único a imaginar ser olhado com repulsa? Um de nossos funcionários mostrava um rosto hediondo, todo picado das bexigas; dir-se-ia um bandido. Se esse rosto indecente fosse o meu, não teria sequer ousado me mostrar às pessoas. O uniforme de um outro estava em tal estado que se sentia o mau cheiro assim que nos chegávamos perto dele. Ora, nenhum desses senhores parecia envergonhado, nem de seu rosto, nem de seu uniforme, nem do seu caráter. Não suspeitavam que se pudesse olhar para eles com aversão. De resto, mesmo que o tivessem imaginado, ter-lhes-ia sido completamente indiferente, a menos que se tratasse de seus chefes.

Agora vejo que, impelido por uma vaidade desmesurada e exigindo demasiado de mim mesmo, considerava-me frequentemente com uma espécie de descontentamento irritado que atingia às vezes a aversão. Foi assim que cheguei a me persuadir de que os outros me olhavam com os mesmos olhos. Eu detestava o meu rosto, por exemplo. Achava-o ignóbil e suspeitava mesmo que tinha não sei que expressão covarde e vil. E era justamente por causa disso que, ao entrar pela manhã em nossa chancelaria, eu fazia um doloroso esforço para conservar um aspecto independente; temendo que me suspeitassem de covardia, cuidava de dar ao meu rosto uma expressão tanto quanto possível distinta. "Meu rosto não é belo", dizia-me, "é preciso então que seja ao menos distinto, expressivo, e sobretudo *muito inteligente*." E eu sabia, estava dolorosamente certo, que nunca meu rosto chegaria a refletir essas admiráveis coisas. Mas o que era horrível é que eu o achava muito simplesmente estúpido. Ora, ter-me-ia contentado finalmente com a inteligência. Teria consentido mesmo numa expressão vil, contanto que ela parecesse extremamente inteligente.

Eu detestava naturalmente todos os funcionários de nossa chancelaria, do primeiro ao último, e os desprezava a todos; mas, ao mesmo tempo, acho que os temia. Acontecia-me até colocá-los mais alto do que eu. Comigo, estas coisas sempre se dão subitamente: ora desprezo as pessoas, ora as coloco num trono. Um homem honesto e culto só pode ser vaidoso com a condição de ser infinitamente exigente consigo mesmo e de se desprezar às vezes até o ódio. Mas eu, quaisquer que fossem meus sentimentos de desprezo e de respeito, baixava sempre os olhos diante dos outros. Tentava mesmo, de vez em quando, algumas experiências: seria capaz de suportar o olhar deste ou daquele? Ora, acontecia que eu era sempre obrigado a baixar os olhos. Isto me atormentava até a loucura.

Tinha também um temor doentio de parecer ridículo, e era precisamente por isso que acatava servilmente a rotina em tudo que concernia à vida exterior; seguia amorosamente o sulco da existência comum e admirava-me das menores veleidades de excentricidade que reconhecia em mim. Mas como teria podido resistir? Minha inteligência era doentiamente desenvolvida, como deve sê-lo a inteligência dos homens do nosso tempo. Quanto a eles, eram todos estúpidos e se pareciam uns com os outros como carneiros. Se eu era o único a me considerar um poltrão, um escravo, era talvez justamente porque minha inteligência era mais desenvolvida do que a deles.

Mas não era simples ilusão de minha parte: eu era com efeito um covarde, um escravo. Digo isto sem sentir o menor constrangimento. Todo homem honesto em nossa época é necessariamente um covarde, um escravo. Tal é o seu estado normal: disso estou profundamente persuadido. Ele é feito e talhado para isso. E não se trata absolutamente de um fato peculiar à nossa época, dependente de um concurso de circunstâncias especiais: o homem honesto sempre foi um covarde e um escravo. Se lhe acontece fingir-se de valente, não deve jactar-se disso porque daí a nada se porá a choramingar. Tal é a sua lei eterna. Não há senão os asnos e seus bastardos para serem valentes, aliás até um certo limite. Não merecem que se lhes preste a mínima atenção.

Uma outra circunstância ainda me atormentava sem cessar: verificava que não me parecia com ninguém e que ninguém se parecia comigo. "Eu sou sozinho, enquanto eles, eles são *todos*!", dizia-me; e punha-me a refletir.

Vê-se bem, por tudo isto, que eu não passava ainda de um garoto.

Mas, às vezes, bruscamente, operava-se uma transformação. Como me era penoso voltar ao escritório! Tão penoso que me acontecia muitas vezes voltar a casa completamente doente. Mas eis que entro, de repente, em um período de ceticismo e indiferença (tudo em mim vem por períodos); eu próprio zombo de meu rigorismo e de meus desdéns; e me acuso de romantismo. Ontem ainda não queria lhes dirigir a palavra, mas hoje converso com eles, tento travar com eles amizade. Toda a minha repugnância se desvaneceu como que por encanto. Quem sabe? Talvez eu nunca a tivesse mesmo experimentado, e tudo não passasse de uma atitude livresca. Não pude até agora resolver esta questão. Certa feita cheguei mesmo a travar com eles estreitas relações. Ia vê-los; jogávamos cartas, bebíamos, conversávamos sobre cargos e promoções... Mas permiti-me abrir aqui um rápido parênteses.

Entre nós outros, russos, não se encontram geralmente desses estúpidos românticos alemães e sobretudo franceses, perdidos nos seus sonhos estrelados e a quem nada comove, abra-se embora a terra debaixo dos seus pés, ou perigue a França atrás das barricadas! Nunca mudam, nem mesmo por conveniência, e continuam a cantar seus hinos sublimes até o último dia, porque são estúpidos. Entre nós, na nossa terra russa, imbecis desses não existem, é sabido. É precisamente isto que distingue nosso país das terras estrangeiras. Não se veem pois entre nós essas naturezas ideais em estado bruto, por assim dizer. Ingenuamente convencidos que os Constanjoglo e os tio Piotr Ivanovitch[11] eram nosso ideal, os críticos e os publicistas da época anterior julgaram nossos romances tão sublimemente sonhadores quanto os da França ou da Alemanha.

Ao contrário, o caráter de nosso romântico é completamente diferente do de seus colegas estrangeiros, e nenhuma das unidades de medida europeias pode lhe convir (permiti-me empregar este termo: "romântico", que é uma velha palavra respeitável e que toda a gente conhece). O traço dominante do nosso romântico é que ele compreende tudo, vê tudo e mesmo bem mais claramente ainda que os espíritos mais positivos. Nosso romântico não se inclinará diante da realidade, mas não a desdenhará, tampouco. Cederá se for preciso; nunca perderá de vista o fim prático, útil (uma boa pensãozinha, uma bonita condecoraçãozinha, um apartamento da coroa), que enxergará através de todos os entusiasmos, através de todos os volumes de poemas líricos.

---

11 Personagens virtuosas da segunda parte do romance de Gogol, *Almas mortas.* (N. T.)

Mas conservará ao mesmo tempo, intangível, seu ideal "do belo, do sublime", sem que deixe ele mesmo de continuar bem resguardado, tal uma joia, para maior vantagem desse mesmo "belo" e "sublime". Nosso romântico é um homem extremamente generoso e o maior de todos os canalhas, asseguro-vos... Isso eu mesmo sei de acordo com a minha própria experiência. Mas tudo isto não se refere senão ao romântico inteligente. Aliás, que digo? O romântico é sempre inteligente. Porém eu queria fazer notar que, se houve alguns imbecis entre os nossos românticos, esses não contam, pela excelente razão de que se transformavam desde a flor da idade em verdadeiros alemães, e acabavam por se instalar em alguma parte da Floresta Negra ou da Suíça, a fim de conservar intata sua preciosa matéria.

Assim, eu, por exemplo: desprezava muito sinceramente minhas ocupações, e se não lhes cuspia em cima é que era obrigado a ir à repartição, pois era ali que me pagavam. Fosse como fosse, eu lá ia, notai bem! O nosso romântico perderá a razão antes (o que lhe acontece aliás rarissimamente) de cuspir na sua carreira, se não se apresenta nenhuma outra. Não se poderá fazê-lo desistir, mesmo a pontapés, e, demais, se ele perde completamente a cabeça, poder-se-á metê-lo numa casa de saúde, onde fará o papel de rei da Espanha.[12]

Mas só perdem a razão os magricelas e os efeminados; enquanto um número incalculável de românticos galga as mais altas posições. A diversidade de seus talentos é extraordinária. E com que facilidade conseguem harmonizar os sentimentos e as sensações mais contraditórios! Então já eu estava ferido e consolado. É por isso que temos tantas "naturezas generosas" que conservam seu ideal até na última queda. E, se bem que não movam nem um dedo em favor desse ideal, se bem que sejam verdadeiros bandidos, continuam a ser extraordinariamente honestos na alma, e conservam o respeito do ideal, do qual falam com lágrimas na voz.

Sim, meus senhores! Não há senão a nossa terra, em que o último dos canalhas possa ser honesto em sua alma, honesto até

---

[12] Alusão ao personagem de *Jornal de um louco,* de Gogol. (N.T.)

o sublime, mas sem deixar de ser um miserável. Repito: veem-se continuamente sair das fileiras dos nossos românticos vigaristas tão hábeis (emprego a palavra "vigarista" com um sentido deficiente) e que manifestam tal senso da realidade, conhecimentos tão práticos, que seus superiores hierárquicos e o público esfregam os olhos de estupefação.

Sim, nossa diversidade e nossa generosidade são verdadeiramente extraordinárias, e Deus sabe o que sairá daí ainda e o que elas nos anunciam para o futuro! A matéria-prima não é realmente má! Que pensais, senhores? Se digo isto não é por um sentimento de patriotismo ridículo. De resto, imaginais uma vez mais que eu gracejo, estou certo. Ou, então, é o contrário: acreditais que falo seriamente. Em todo caso, essas duas opiniões me honram igualmente, senhores, e me causam igual prazer.

Mas escusai-me esta digressão.

Eu jamais conseguia, naturalmente, suportar por muito tempo relações de amizade com os colegas; deixava-os raivosamente, cessava mesmo de os cumprimentar — efeito de minha jovem inexperiência — e tudo estava acabado entre nós. Isto não me aconteceu, de resto, senão uma única vez, pois estava constantemente só.

Em casa, lia a maior parte do tempo; tentava assim extinguir sob impressões exteriores o que fervilhava constantemente em mim. As únicas impressões exteriores de que dispunha me vinham da leitura. Elas eram para mim um grande conforto, naturalmente: comoviam-me, distraíam-me, atormentavam-me; porém um momento chegava em que ficava muito fatigado. Sentia necessidade de agir: então, de repente, mergulhava na libertinagem, numa sórdida libertinagenzinha hipócrita, subterrânea. Minha irritação contínua tornava minhas paixões ardentes, lancinantes. Meus impulsos apaixonados terminavam em crises de nervos, com lágrimas e convulsões. Fora da leitura eu não tinha nenhuma distração. Nada em torno de mim que pudesse me impor um certo respeito e me atrair para si. Uma angústia vaga me submergia; experimentava uma sede histérica de contrastes, de oposições, e então me lançava na devassidão.

Não é para me desculpar que digo tudo isto... E entretanto!... Não! Minto. Eu queria precisamente me escusar. Mas é para mim que faço esta pequena observação. Não quero mentir. Dei minha palavra.

Eu me insinuava entre as mulheres à noite, às escondidas, com um sentimento de vergonha que não me largava nunca, mesmo nos instantes mais ignóbeis, e que me exasperava até à loucura. Já então minha alma trazia em si o seu subsolo. Eu tinha um medo atroz de ser encontrado e reconhecido, e ia, pois, aos lugares mais sórdidos.

Uma tarde, passando diante de um pequeno restaurante, assisti através das janelas iluminadas a uma luta de golpes de tacos de bilhar, entre jogadores, e vi que um deles foi atirado pela janela afora. Em outro momento eu me teria impressionado, mas estava em tal estado nesse instante, que experimentei um sentimento de inveja por esse senhor que tinham expulsado dessa maneira. Esse sentimento foi tão forte que entrei no restaurante e penetrei na sala de bilhar: "Quem sabe? Eu também talvez provoque uma boa briga, e consiga que me atirem pela janela?"

Eu não estava bêbado, mas que quereis? O tédio, a angústia, tornavam-me quase louco. Mas aconteceu que eu não era nem mesmo digno de ser lançado pela janela, e saí sem ter podido brigar com ninguém.

Desde o começo, com efeito, fui colocado em meu lugar, por um oficial.

Eu me mantinha junto do bilhar, e, não conhecendo nada do jogo, incomodava os jogadores. Querendo passar, o oficial me tomou pelos ombros, e sem uma explicação, sem uma palavra, empurrou-me e passou como se eu não existisse. Eu teria perdoado levar pancada, mas o que não pude suportar foi que me empurrasse em silêncio.

O diabo sabe o que eu teria dado então por uma boa disputa regular, por uma briga conveniente, literária, por assim dizer. Tinham agido comigo como um mosquito. O oficial era corpulento; eu, pequeno e franzino. Todavia, não dependia senão de mim provocar um escândalo: se eu tivesse protestado, ter-me-iam feito depressa tomar o caminho da janela. Mas refleti e preferi me esquivar, com raiva no coração.

Encontrei-me na rua, emocionado e perplexo, e voltei direito para casa. E no dia seguinte mergulhei mais timidamente ainda, mais melancolicamente, na minha pequena libertinagem; tinha lágrimas nos olhos, mas continuava. Não acrediteis, entretanto, que, se recuei diante do oficial, foi por medo. Nunca fui um medroso da alma, se bem que tivesse sempre medo da ação; mas esperai para rir! Há uma explicação para isto. Tenho explicações para todos os casos.

Oh! Se esse oficial fosse daqueles que consentem em se bater em duelo! Mas não! Era precisamente um desses senhores (ai de mim! o tipo já desapareceu há algum tempo) que preferem se servir de tacos de bilhar ou então se queixar a seus chefes, à maneira do tenente Pirogov, de Gogol.[13] Eles não se batiam em duelo, e sobretudo quando tinham contato conosco, miseráveis civis; consideravam o duelo uma inconveniência, uma moda francesa e o sinal de um estado de espírito liberal. Mas isto não os impedia, sobretudo quando eram altos e robustos, de insultar generosamente os outros.

Não foi o temor que me fez partir, mas a vaidade. Tive medo, não da estatura de meu ofensor, não das pancadas que me teria dado, não de ser expulso pela janela. Não foi a coragem física que me faltou, foi minha coragem moral que foi insuficiente. Tive medo de que todos os assistentes, a começar pelo insolente marcador e até esse empregadinho, cheio de espinhas, de pescoço gordurento, que se afanava em torno dos jogadores, que todos se pusessem a rir de mim, quando elevasse a voz para protestar e lhes falasse numa linguagem literária. Pois não se pode falar entre nós do ponto de honra, não de honra, porém precisamente do *ponto de honra,* senão se servindo de uma linguagem literária. Em linguagem vulgar não se discute ponto de honra. Eu estava perfeitamente certo (o romantismo, vós o vedes, não impede o senso da realidade) de que eles arrebentariam de rir e que o oficial não se contentaria em me bater, mas me obrigaria,

---

13 Personagem da novela de Gogol, *A perspectiva Nevski*. (N.T.)

à custa de pontapés nos rins, a dar a volta ao bilhar, e depois disto, somente, tendo talvez piedade, ele me atiraria pela janela. Comigo essa miserável história não podia evidentemente acabar senão assim.

Frequentemente, mais tarde, encontrei esse oficial na rua e o observei bem. Reconhecer-me-ia ele? Não sei. Não, provavelmente; julgo isso conforme certos indícios. Quanto a mim, examinava-o com ódio, com rancor. E isto durou... vários anos. Sim, meus senhores! Com o tempo minha raiva tornava-se mesmo mais áspera, mais intensa. Comecei, a princípio, por tomar discretamente algumas informações sobre a sua pessoa. Isto me era muito difícil, pois eu não conhecia absolutamente ninguém. Mas, uma vez, enquanto lhe seguia os passos a distância, alguém o chamou pelo nome, na rua. Foi assim que fiquei sabendo como se chamava. Uma outra vez eu o segui até sua casa e mediante dois copeques soube da porteira em que andar morava, com quem etc., em uma palavra, tudo que se pode tirar de uma porteira.

Uma bela manhã, se bem que jamais me houvesse ocupado com literatura, veio-me à ideia o desejo de descrever esse oficial em tom satírico, de o caricaturar, e de fazê-lo herói de uma novela. Mergulhei com vontade no trabalho. Esbocei meu herói sob as cores mais sombrias. Caluniei-o mesmo. Modifiquei tão pouco seu nome no começo que seus amigos teriam podido reconhecê-lo imediatamente; mas, depois de maduras reflexões, troquei-o. Enviei minha novela aos *Anais da Pátria*, mas a moda nesse tempo não era ainda a do gênero satírico, e meu relato não foi publicado. Fiquei muito vexado.

Eu sufocava quase de raiva, às vezes; então resolvi enfim provocar meu inimigo para um duelo. Compus uma carta muito bonita em que lhe suplicava que me desse satisfações. Para o caso em que se recusasse, eu fazia muito claramente alusão ao duelo. A carta estava tão bem torneada que se o oficial tivesse tido o menor sentimento "do belo e do sublime" ter-me-ia infalivelmente procurado, para se lançar ao meu pescoço e me oferecer sua amizade. E como isto teria sido tocante! Teríamos vivido tão felizes, tão felizes!... Sua bela presença seria suficiente para me defender contra meus inimigos, e eu, graças à minha inteligência, graças a minhas ideias, teria sobre ele uma influência enobrecedora. Quantas coisas teríamos podido fazer! Imaginai que isto se passava dois anos após o acontecimento e que meu desafio não era mais que um ridículo anacronismo, malgrado toda a habilidade que eu tinha desenvolvido para explicar e dissimular esse anacronismo. Mas, graças a Deus (hoje ainda agradeço ao céu com lágrimas de gratidão), não enviei a carta. Só a ideia do que teria acontecido, se a tivesse expedido, me dá um arrepio.

Depois, de súbito... de súbito consegui me vingar da maneira mais simples, mais genial. Tive uma ideia luminosa. Às vezes, nos dias de festa, eu ia passear na Perspectiva Nevski e seguia, pelas quatro horas, a calçada que estava exposta ao sol. Para falar a verdade, eu não passeava; experimentava ali tormentos infinitos, humilhações e crises do fígado. Mas era justamente isto que eu procurava nesses lugares provavelmente. Semelhante a um inseto, deslizava da maneira mais odiosa entre os transeuntes, cedendo continuamente o caminho aos generais, aos oficiais da guarda, aos hussardos, às belas damas. Sentia verdadeiros espasmos no coração e arrepios no dorso, somente à ideia da miséria de minhas roupas, do aspecto baixo e vulgar que devia ter minha pessoinha agitada. Era um verdadeiro suplício, uma humilhação de todos os instantes, que provocava a consciência muito nítida de que eu não era senão uma mosca no meio dessas elegâncias, uma vil mosca, superior naturalmente a essa gente, em inteligência, em nobreza, mas constantemente ofendida, constantemente humilhada e sempre forçada a ceder.

Por que ia eu à Perspectiva Nevski? Por que procurava esse suplício? Não sei. Mas sentia-me atraído e para ali corria cada vez que podia.

Experimentava então, já, essas crises de volúpia de que falei. Mas, depois da aventura do oficial, a tentação foi mais forte ainda. Era na Perspectiva Nevski que o encontrava mais frequentemente; era lá que podia admirá-lo. Ele também passeava lá nos dias de festa. Cedia como eu o passo aos generais, às altas personagens, deslizava também entre eles como um peixe, mas, quando se tratava de pessoas da minha espécie, ou mesmo um pouco mais limpas, ele as esmagava, muito simplesmente: ia direito sobre elas, como se não existissem, e não lhes cedia o passo em nenhum caso. Eu me afogava em minha raiva, vendo-o vir, mas, cheio de furor, desviava-me sempre da minha rota. Sofria por não poder, mesmo na rua, me manter em pé de igualdade com ele. "Por que és sempre tu que cedes?", perguntava-me às vezes, crispado de cólera, em plena noite. "Por que és tu? Não há regulamento a respeito. Não está inscrito em parte alguma. Compreendo que se revezem, como se faz entre as pessoas, da maneira necessária: ele cede, tu cedes também, e vós passais, estimando-vos mutuamente." Fosse como fosse, era sempre eu que me desviava do caminho, e não ele. Nem mesmo notava a minha polidez. E eis que me acudiu uma vez ao espírito uma ideia maravilhosa: "Se eu ousasse não lhe ceder o passo quando nos encontrássemos! Não lhe ceder expressamente, ostensivamente, mesmo que ele me empurrasse! Que aconteceria?" Este pensamento audacioso se apoderou de mim a tal ponto, pouco a pouco, que não consegui mais desembaraçar-me dele. Sonhava sem cessar com esse encontro e ia ainda mais frequentemente à Perspectiva, a fim de me representar bem claramente como agiria, quando enfim agisse. Estava eufórico. Quanto mais pensava, mais a minha ideia me parecia realizável. "Eu não o repelirei violentamente, é evidente — a alegria me tornava já melhor —, mas não o evitarei. Dar-nos-emos um encontrão, sem nos fazermos muito mal; contanto que nossos ombros se toquem, justamente o que é preciso para que as conveniências sejam observadas."

Finalmente, minha decisão foi tomada; mas os preparativos exigiram muito tempo. Primeiro precisaria preparar-me convenientemente para essa operação, e eu devia pois me ocupar com a minha roupa. "Se houver escândalo, por exemplo (o público àquela hora é dos mais emplumados: o príncipe D..., a condessa, todos os escritores), é preciso estar bem vestido; isto impõe respeito às pessoas, e vos coloca imediatamente aos olhos da alta sociedade no mesmo pé de igualdade com não importa quem." Em consequência, pedi um adiantamento sobre o meu ordenado e comprei na casa Tchurkine[14] um chapéu e luvas pretas. As luvas desta cor me pareciam de melhor tom, mais corretas que as luvas cor de limão com as quais sonhei no começo, mas que tinha achado vistosas demais: "Dir-se-ia que eu queria chamar a atenção." Renunciei pois às luvas cor de limão. Havia muito que tinha preparado uma camisa elegante com botões de marfim. Mas o estado do meu capote exigiu longos preparativos. Esse capote, em suma, não era feio demais e me mantinha suficientemente aquecido. Mas era debruado e tinha uma gola de pelo de gato como os paletós dos lacaios. Era preciso, custasse o que custasse, trocar a gola por uma de castor, como usam os oficiais. Percorri as lojas, e após algumas buscas infrutíferas desencavei, por fim, certo castor alemão que não devia ser caro demais. Se bem que o castor alemão não seja durável e tome depressa um aspecto lamentável, estando novo faz uma certa vista; ora, afinal de contas eu não tinha necessidade dele senão para essa ocasião. Indaguei o preço: assim mesmo era elevado demais. Resolvi então vender minha gola de pelo de gato e pedir emprestada a soma que me faltava a Antone Antonovitch Sietochkin, meu chefe de serviço, um homem sossegado, porém sério e prático, e ao qual, quando de minha entrada no emprego, tinha sido calorosamente recomendado por um personagem importante.

Eu sofria terrivelmente: parecia-me vergonhoso, monstruoso, pedir dinheiro a Antone Antonovitch. Não preguei olho durante duas ou três noites. Em geral, durante todo aquele tempo, eu dormia muito pouco. Tinha febre; meu coração estava surdamente oprimido, depois, de súbito, punha-se-me a pular no peito... Ele pulava, pulava...

Antone Antonovitch demonstrou no começo algum espanto; depois fez uma careta, refletiu, e, finalmente, emprestou-me o dinheiro pedido, fazendo-me assinar um recibo, pelo qual eu lhe cedia o direito de receber o meu pagamento de duas semanas.

Tudo ficou, por fim, preparado. O bonito castor tinha tomado o lugar do vil gatão, e comecei, pouco a pouco, a firmar os alicerces

---

14 Chapeleiro da moda. (N.T.)

da minha ação. Não podia agir desde o primeiro encontro, evidentemente; era preciso encontrar uma circunstância favorável e avançar lentamente, pacientemente. Mas, após algumas vãs tentativas, comecei a desesperar do êxito, confesso-o. Não chegávamos a nos encontrar frente a frente. Não estava eu bem preparado, entretanto? Não tinha tomado todas as precauções? Eis aí! Desta vez aqui estamos! Defrontamo-nos! Mas que vejo! Cedi-lhe a passagem de novo, e ele passou sem me dar a mínima atenção. Dirigi mesmo súplicas ao céu ao me aproximar dele, a fim de que Deus me inspirasse a decisão necessária. Uma vez que estava bem decidido a acabar com isso, não consegui senão atrapalhá-lo, pois no último instante, não estando mais que a uma distância de duas polegadas, hesitei; ele passou por cima de mim com a mais perfeita tranquilidade, e fui projetado de lado como uma bola.

Tive febre de novo naquela noite; delirei. Mas, bruscamente, esta situação se desenrolou para melhor. Na véspera à tarde, justamente, eu tinha resolvido renunciar ao meu nefasto plano e abandonar tudo. Com essa disposição de espírito, dirigi-me pela última vez para a Perspectiva Nevski, a fim de assistir por assim dizer ao abandono do meu projeto. De súbito, não estando mais senão a três passos do meu inimigo, decidi-me. Fechei os olhos e... chocamo-nos, ombro contra ombro. Não cedi uma polegada e passamos um ao lado do outro, como iguais. Ele nem mesmo voltou a cabeça e fez cara de não ter notado nada. Mas não era senão uma atitude, estou certo disso. Estou certo disso, ainda hoje. O choque me foi mais doloroso que para ele, evidentemente: ele era mais forte. Mas não se tratava disso! Eu tinha atingido meu fim, tinha salvaguardado minha dignidade, não lhe tinha cedido um único centímetro, e o tinha obrigado a me tratar publicamente em pé de igualdade. De volta a casa, senti-me completamente vingado de minhas humilhações. Nadava em alegria. Triunfava. Cantava árias italianas.

Naturalmente, não vos descreverei o que se passou três dias depois..

....

O oficial foi transferido mais tarde, não sei para onde. Há já quatorze anos que não o vejo. Que faz ele agora, o bom amigo? Quem será que ele esmaga?

2ª história

I

Quando meu período de devassidão chegava ao fim, eu me sentia atrozmente enojado. Então tinha remorsos; mas repelia-os: eles me davam náuseas. Pouco a pouco, entretanto, fui me habituando a eles. Ia me habituando a tudo. Ou, para falar mais exatamente: não me habituava, mas consentia em suportar benevolamente tudo que me acontecia. Mas tinha uma saída: era evadir-me no domínio "do belo, do sublime", em sonho, naturalmente. Sonhava loucamente, sonhava durante três meses, enterrado em meu canto, e nesses instantes, acreditai-me, não me assemelhava nem um pouco ao senhor que, na perturbação de seu coração de pombo, cosia na gola de seu capote uma pele de castor alemão. Transformava-me subitamente em herói. Não teria mesmo recebido nesse instante meu bravo tenente; não teria nem pensado nele, então.

Quais eram esses sonhos e como podia com eles me satisfazer? É-me difícil explicá-lo hoje; mas sei que ficava então plenamente satisfeito. E, de resto, esses sonhos quase me bastam, ainda agora. Eles revestiam formas particularmente doces e enleantes, logo depois de minhas crises de libertinagem, quando vinham em meio a remorsos, lágrimas, maldições e entusiasmos. Tive instantes de tal plenitude, de felicidade tão perfeita, que toda a zombaria se calava, juro! Não havia em mim senão a fé, a esperança, o amor. É que naquele tempo estava cegamente persuadido de que graças a um milagre qualquer, graças a uma circunstância exterior, todas as dificuldades desapareceriam, as muralhas cederiam e descobririam enfim um vasto campo de ação, de ação útil e bela e sobretudo *prestes a ser cumprida* (eu não sabia nunca o que devia ser tal ação, mas o principal a meus olhos era que ela estivesse *completamente preparada*). Então, apareço de súbito, à luz do dia, por pouco não monto um cavalo branco, uma coroa de louro na fronte. Não queria sequer pensar na possibilidade de um papel secundário, e é provavelmente por causa disso que na realidade eu me contentava muito pacificamente com o último. Herói ou enlameado: não havia meio-termo para mim. Foi o que me perdeu; porque, mergulhado na lama, eu me consolava sonhando que em outros instantes era um herói e o herói iluminava a lama com o seu prestígio: é proibido ao homem comum mergulhar no charco; mas o herói, esse está situado tão alto que não poderá jamais se sujar completamente; então eu posso me afundar no lodo!

O mais notável é que esses impulsos "para o belo, para o sublime", nasciam às vezes em mim durante meus acessos de devassidão, e precisamente quando tinha caído dentro da fossa. Surgiam, quais lembranças, projetando um pálido clarão. Mas eram incapazes, entretanto, de dissipar meus desejos; ao contrário, pareciam ainda excitá-los, graças ao efeito do contraste; justamente o necessário para fazer um bom molho. Este molho compunha-se de contradições, de sofrimentos, de dolorosas análises. E todos esses tormentos, grandes e pequenos, emprestavam certo sabor picante à minha devassidão e lhe conferiam mesmo certo sentido. Em uma palavra, preenchiam perfeitamente o papel de um bom molho. Tudo isto não deixava de ter alguma profundeza. Mas teria eu podido admitir uma libertinagem ordinária, a libertinagem vulgar e sincera de um pequeno escriba, e suportar pacificamente esse horror? Não, eu mantinha sempre em reserva certa maneira muito nobre de encarar as coisas.

Mas quanto amor, Senhor! Quanto amor sentia palpitar em mim durante esses sonhos, quando me sabia no domínio "do belo, do sublime"! Se bem que esse amor fosse fantástico, se bem que nunca se aplicasse ao que quer que fosse de humano, ficava ele de tal maneira em mim que eu não sentia mesmo mais a necessidade dessa realização que teria sido quase um luxo inútil. Tudo se acabava muito felizmente, de resto, e eu me voltava preguiçosa e voluptuosamente para a arte, isto é, para as belas formas, completamente realizadas, tomadas de empréstimo aos poetas e romancistas, e que se adaptam facilmente a todas as necessidades, a todas as exigências. Eu, por exemplo, triunfo sobre o universo inteiro; todos se prosternam diante de mim, na poeira, e são obrigados a admirar minhas perfeições, mas eu perdoo a todos. Sendo eu poeta e cortesão, torno-me amoroso; recebo inumeráveis milhões, dos quais faço logo presente ao gênero humano, confessando diante do povo reunido em assembleia todas as minhas "ignomínias", que não são evidentemente ignomínias vulgares, mas que contêm sempre alguma coisa "de belo, de sublime", alguma coisa de byroniano, no gênero de Manfredo. Todos choram e me abraçam (eles seriam imbecis se não o fizessem), e eu, descalço e faminto, vou-me a pregar ideias novas e destruo completamente os retrógrados em Austerlitz! Em seguida executa-se uma marcha: anistia geral. O Papa consente em trocar Roma pelo Brasil. Depois, baile para toda a Itália, na vila Borghese, a que se encontra no lago de Como, pois esse lago foi transportado para as cercanias de Roma, especialmente para esta ocasião. Em seguida, grande representação nos bosques etc., etc. Como se não conhecêsseis tudo isso!

Dir-me-eis que é estúpido, que é ignóbil expor agora tudo isto em público, depois das lágrimas, depois dos êxtases que eu mesmo confessei. Por que então é ignóbil, senhores? Será que imaginais verdadeiramente que eu tenha vergonha de tudo isso, e que meus sonhos sejam mais animalescos que o que vos aconteceu em toda a vossa existência, senhores? E depois, acreditai-me, certas coisas não estavam verdadeiramente tão mal arrumadas... Mas elas se passavam no lago de Como. De resto, tendes razão: é estúpido, é ignóbil! Mas o pior é que eu me justifico diante de vós. E esta última observação é ainda mais vil. Mas basta! Poder-se-ia não terminar nunca, pois se encontraria sempre o meio de descer mais baixo.

Jamais fui capaz de sonhar assim mais de três meses consecutivos, e, para concluir, sentia sempre a necessidade irresistível de me afundar na sociedade dos meus semelhantes, o que queria dizer: visitar meu chefe de serviço, Antone Antonovitch Sietochkin. Foi a única pessoa em toda a minha existência com a qual entretive relações regulares, e isto ainda hoje me espanta. Mas eu não ia à casa dele senão quando meus sonhos me tinham transportado a tal ponto que eu devia imediatamente apertar em meus braços a Humanidade inteira; era-me necessário então para isto ter ao menos um homem bem real, um homem de carne e osso. Não se podia de resto ir à casa de Antone Antonovitch senão às terças-feiras: era seu dia de recepção, e eu devia, por consequência, adaptar minha sede de abraços precisamente àquele dia.

Antone Antonovitch morava nas Cinco-Esquinas, no quarto andar, em quatro aposentos, todos pequenos, de teto baixo, de aspecto econômico e amarelados. Tinha duas filhas e uma tia que servia o chá. Uma das filhas tinha treze anos, a outra, quatorze; tinham ambas o nariz arrebitado. Intimidavam-me muito, porque não cessavam de cochichar entre si, deixando escapar frouxos de riso. O dono da casa mantinha-se habitualmente no seu gabinete de trabalho, sentado num grande divã de couro, diante de uma mesa redonda em companhia de um senhor respeitável, um funcionário qualquer do nosso ministério. Eu nunca vi lá mais de duas ou três pessoas, e sempre as mesmas. Conversava-se a respeito de adjudicações, assembleias, salários, nomeações, falava-se também de Sua Excelência, das maneiras de agradar etc. Eu tinha a paciência de permanecer junto dessas pessoas como um pedaço de pau, durante três horas, sem ousar, sem poder lhes falar, fosse do que fosse. Sentia que me tornava estúpido, transpirava, previa a paralisia. Mas isto me era muito útil, pois ao voltar a casa renunciava por uns tempos ao desejo de apertar nos braços a Humanidade inteira.

Tinha ainda uma amizade, entretanto: Simonov, um antigo colega de escola. Teria podido de resto reencontrar alguns antigos condiscípulos em Petersburgo; mas tinha deixado de os ver e mesmo de os saudar na rua. Foi talvez mesmo a fim de os evitar e para romper com todas as lembranças da minha detestável infância que me coloquei num outro ministério. Maldição sobre essa escola, sobre esses atrozes anos de galés! Para ser breve, rompi com os meus colegas desde que terminei os estudos. Não cumprimentava mais que dois ou três. Entre eles estava precisamente Simonov, que não se distinguia em nada na escola, tinha um caráter doce e igual, mas que eu estimava por uma certa independência de caráter e por sua honestidade. Não creio mesmo que ele fosse extremamente tolo. Vivemos juntos alguns belos instantes; porém nossas boas relações não duraram muito tempo, e uma espécie de bruma as recobriu bruscamente; sua lembrança constrangia evidentemente Simonov, que temia sempre, creio, ver-me recair no nosso antigo tom. Eu suspeitava mesmo que lhe repugnava; mas, não tendo a certeza, continuava a ir à casa dele uma vez por outra.

Eis senão quando, uma quinta-feira, incapaz de suportar por mais tempo a minha solidão, e sabendo que às quintas-feiras a porta de Antone Antonovitch estava fechada, lembrei-me de Simonov. Subindo a escada que levava ao seu apartamento, no quarto andar, pensei justamente que minha presença parecia penosa a esse senhor e que fazia mal em ir à casa dele. Mas, como estas reflexões tinham geralmente por único resultado incitar-me a procurar situações equívocas, entrei sem mais refletir. Há um ano que não vinha à casa de Simonov.

II

Encontrei em casa dele dois dos meus antigos condiscípulos. Pareciam falar de um assunto sério. Nenhum deles pareceu prestar a menor atenção à minha entrada, o que era verdadeiramente estranho, pois não nos víamos há vários anos. Consideravam-me evidentemente alguém completamente insignificante, uma mosca. Não me tratavam assim, mesmo na escola, onde, entretanto, eu era detestado. Eu compreendia aliás que eles deviam me desprezar pelo insucesso de minha carreira, como também por causa do meu aspecto deplorável, por causa de minhas velhas roupas que, a seus olhos, eram sinal evidente de minha incapacidade e de minha situação miserável. Não esperava, todavia, um desprezo tão marcante. Quanto a Simonov, ficou muito espantado com a minha entrada. Já diversas vezes, de resto, ele tinha parecido admirado das minhas visitas. Tudo isto me perturbou; sentei-me, um tanto irritado, e pus-me a escutar o que diziam.

Discutia-se num tom muito sério, e mesmo com certa paixão, a respeito de um jantar de despedida que esses senhores queriam oferecer a um de seus colegas, Zverkov, um oficial, que partia para a província. Zverkov tinha sido também meu colega de escola e eu tinha me posto a detestá-lo, sobretudo nas classes superiores. Mesmo criança, não passava de um rapazinho polido e alegre, de quem todo mundo gostava; mas eu não o estimava, precisamente porque ele era alegre e polido. Desde o começo seus estudos não foram muito brilhantes e, com os anos, trabalhou cada vez pior. Terminou entretanto o curso com sucesso, pois era protegido. No fim dos estudos herdou uma propriedade e duzentos servos, e, como éramos quase todos pobres, passou a mostrar-se importante diante de nós. Era um ser particularmente vulgar, mas em suma um bom rapaz, apesar de pretensioso. Entre nós, na escola, apesar das formas frequentemente fantásticas e verbosas que revestiam nossos sentimentos de honra e de dignidade, todos, à parte alguns, lhe faziam a corte, o que o incitava ainda mais a tomar ares de importância. Mas se o rodeavam não era por interesse, mas simplesmente porque a natureza o tinha favorecido com seus dons. Além disso, considerava-se entre nós Zverkov um especialista em tudo que concernia à elegância e às boas maneiras. E era isso o que mais me enraivecia. Eu detestava o som agudo de sua voz cheia de suficiência, suas sutilezas, com as quais ele próprio estava sempre muito satisfeito, mas que eram estúpidas, se bem que ele fosse livre em seus ditos. Detestava seu rosto, bonito, mas atoleimado (com que sofreguidão, entretanto, eu teria trocado por esse rosto o meu, *tão inteligente!*), e seus modos desenvoltos, à maneira dos oficiais de 1840. Detestava-o pelo sucesso que ele contava ter entre as mulheres (ele não ousava empreender conquistas antes de ter obtido os galões de oficial; por isso, esperava-os com impaciência), e pelos duelos que ele se prometia ter. Lembro-me ainda que, rompendo uma vez meu silêncio, discuti violentamente com Zverkov, quando, falando com seus colegas de suas próximas intrigas amorosas, e chegando a um grau de euforia que o tornava semelhante a um cachorro espojando-se ao sol, declarou de repente que não deixaria escapar nenhuma das jovens camponesas do seu domínio, que esse era o *direito do senhor,* e que, se os camponeses ousassem protestar, ele os mandaria chicotear e dobraria os impostos desses "*canalhas barbudos*". Nossos covardes o aplaudiram; agora, eu, ataquei-o violentamente, não por compaixão pelas moças e seus pais, mas simplesmente porque aquele inseto obtinha sucesso tão grande. Dessa vez, levei a melhor; mas, mesmo sendo um estúpido, Zverkov era alegre e insolente; por isso conseguiu pôr do seu lado os folgazões, e mesmo com tal sucesso, que, manda a verdade dizer, meu triunfo não foi completo: riram-se à minha custa. Mais de uma vez depois disto, ele triunfou sem malvadez, mas divertindo-se, rindo. Quanto a mim, guardava um silêncio desdenhoso. Quando terminamos nossos estudos, ele me procurou algumas vezes; não o repeli, pois isto me lisonjeava, mas logo, e muito naturalmente, nós nos separamos. Fui informado mais tarde de seus sucessos de oficial, da *vida alegre* que levava. Depois soube de outra coisa: sua rápida carreira. Deixou de me cumprimentar quando me encontrava na rua, e desconfiei que ele receava comprometer-se saudando um ser tão insignificante como eu. Vi-o uma vez também no teatro, na terceira frisa; usava já as insígnias de ajudante de campo. Ele se desfazia em gentilezas para com as filhas de um velho general. Mas, depois de três anos que deixei de vê-lo, estava bem envelhecido; entretanto, se bem que tivesse engordado muito, conservava o rosto bonito e as maneiras elegantes. Lá pelos trinta, via-se, ele se enrugaria completamente.

Era pois a esse Zverkov, que acabava de ser nomeado para a província, que seus colegas queriam oferecer um jantar de despedida. Não tinham deixado de estar em relações com ele, mesmo não se considerando — estou certo disto — seus iguais.

Um dos dois hóspedes de Simonov se chamava Ferfitchkin; era um russo de origem alemã, baixote, com cara de macaco; um tolo que caçoava de todo mundo, meu pior inimigo na escola, desde as classes inferiores, um fanfarrão covarde e insolente que possuía o amor-próprio mais suscetível, mas que não passava evidentemente de um joão-ninguém. Pertencia a esses admiradores de Zverkov, que lhe faziam a corte com um fim prático e muitas vezes lhe pediam dinheiro.

O outro, Trudoliubov, não tinha nada de particularmente notável. Era um militar, um latagão, de rosto frio; bastante honesto, inclinava-se entretanto diante do sucesso, fosse qual fosse, e só sabia falar em nomeações, carreira etc. Era um parente afastado de Zverkov, e, por estúpido que possa parecer, isto lhe conferia certo prestígio a nossos olhos. Considerava-me um ser insignificante, mas me tratava de maneira suportável, senão cortês.

— Pois bem! Se é a sete rublos por cabeça — declarou Trudoliubov —, isto perfará, pois que somos três, vinte e um rublos. Poder-se-á jantar muito razoavelmente. Quanto a Zverkov, não paga, evidentemente.

— Naturalmente, uma vez que o convidamos — aquiesceu Simonov.

— Como podem crer — interveio com um tom orgulhoso e insolente Ferfitchkin, tal qual um lacaio impudente que se vangloria das condecorações do seu amo —, como podem crer que Zverkov admita que sejamos os únicos a pagar? Ele aceitará nosso convite por delicadeza, mas nos oferecerá champanha, seis garrafas certamente.

— É demais meia dúzia para quatro pessoas — observou Trudoliubov, que não tinha considerado senão o número das garrafas.

— Somos, pois, três; com Zverkov, quatro. Vinte e um rublos, Hotel de Paris, amanhã às cinco horas — recapitulou Simonov, escolhido como organizador.

— Por que vinte e um? — exclamei com certa emoção, sentindo-me até um pouco ofendido. — Se me contarem também, já não serão vinte e um, mas vinte e oito rublos.

Pareceu-me que, propondo-me assim, bruscamente, produziria um belo efeito e que eles seriam todos vencidos por minha generosidade e me olhariam com admiração.

— Você quer realmente ser dos nossos? — perguntou Simonov, descontente; evitava olhar-me, pois ele me conhecia de cor.

Fiquei exasperado por ele me conhecer tão bem.

— E por que não? — exclamei com voz rouca. — Parece-me que fui também seu colega, e confesso que me sinto mesmo ofendido por terem me deixado de lado.

— Mas onde teríamos podido encontrá-lo? — interveio brutalmente Trudoliubov. — Você nunca esteve em boas relações com Zverkov — acrescentou, carrancudo.

Mas eu já estava exaltado.

— Parece-me que ninguém tem o direito de o julgar — disse eu com voz trêmula, como se se tratasse de uma coisa extraordinariamente importante. — É talvez justamente porque não estamos em boas relações que eu quero agora...

— Quem pode compreender você... suas altas ideias... — disse com um risinho Trudoliubov.

— A gente vai incluí-lo — resolveu Simonov, voltando-se para mim. — Amanhã, às cinco horas, no Hotel de Paris. Não se engane.

— E o dinheiro? — disse Ferfitchkin a meia voz, designando-me a Simonov; mas deteve-se logo, pois Simonov mesmo ficou embaraçado.

— Basta! — disse Trudoliubov, levantando-se. — Basta vir, se realmente deseja.

— Mas estaremos lá entre amigos — pronunciou Ferfitchkin, muito irritado. — Não é uma reunião oficial; é possível que não estivéssemos mesmo dispostos a tê-lo entre nós...

Saíram. Ao sair, Ferfitchkin nem sequer se despediu de mim. Trudoliubov mal inclinou a cabeça, sem um olhar.

Simonov, com quem fiquei sozinho, parecia perplexo e irritado, e me olhava com ar estranho. Não se sentava nem me convidava a fazê-lo.

— Hum… sim… É para amanhã então.Você entregará o dinheiro hoje? Pergunto para ter certeza — falou ele rapidamente, muito confuso.

Enrubesci de cólera; mas, mesmo corando, lembrei-me que desde tempos imemoriais eu devia quinze rublos a Simonov, o que, de resto, eu nunca havia esquecido.

— Você deve admitir, Simonov, que vindo aqui eu não podia prever… Estou muito aborrecido de ter esquecido…

— Sim, sim! Não tem importância. Pagará amanhã. Só perguntei para saber ao certo… Por favor…

Parou logo e se pôs a caminhar de um lado para outro, com uma irritação crescente, batendo violentamente no assoalho com os saltos dos sapatos.

— Não o atrapalho? — disse-lhe depois de alguns minutos de silêncio.

— Oh! Não! — Ele pareceu voltar bruscamente a si. — Se bem que, para lhe dizer a verdade, veja, tenho ainda que passar… Não é longe daqui — acrescentou, muito confuso, e com uma voz de quem se desculpa.

— Meu Deus! Por que então não me disse! — exclamei apanhando meu gorro com um ar extremamente desembaraçado, que me tinha vindo sabe Deus de onde.

— Não é longe daqui… apenas dois passos — repetia Simonov, reconduzindo-me com maneiras preocupadas que não lhe ficavam nada bem. — Bem, então, amanhã, às cinco horas em ponto! — gritou-me da escada. Estava verdadeiramente feliz com a minha partida. Quanto a mim, estava furioso.

Que tinha eu, diabo!, para me atirar nesta história! Rangia os dentes, caminhando a passos largos na rua. E por causa de quem? Por causa desse porco de Zverkov! Não irei certamente! Estou-me nas tintas para isso! Nada me obriga a ir. Prevenirei Simonov por carta.

Mas, precisamente o que me fazia enraivecer é que eu sabia que iria, que iria deliberadamente e que estaria tanto mais encarniçado para ir, quanto seria mais inconveniente, mais ridículo.

Havia, de resto, um obstáculo muito real: não tinha dinheiro. Não tinha, ao todo, senão nove rublos, dos quais deveria entregar sete no dia seguinte ao meu criado, Apolo, a quem pagava sete rublos por mês, estando entendido que ele comeria à sua custa.

Conhecendo bem seu caráter, eu não podia fazê-lo esperar. Um dia ou outro é preciso que vos fale deste canalha, desta peste. Entretanto, eu sabia que não lhe pagaria e que iria a esse jantar.

Tive essa noite sonhos horrorosos. Nada de espantoso nisso, pois tinha sido oprimido o dia todo pela lembrança da prisão que tinham sido para mim meus anos de escola. Fora abandonado nessa escola por parentes afastados, dos quais dependia, e que depois não tinha mais visto. Entrei ali já idiotizado por suas censuras, já sonhador, silencioso, lançando em torno de mim olhares selvagens. Meus colegas me acolheram com brincadeiras malvadas, porque não me assemelhava a nenhum deles. Mas eu não podia suportar as caçoadas, não podia me habituar a eles tão facilmente quanto eles se habituavam uns aos outros. Pus-me pois a odiá-los desde o começo e me encerrei num orgulho atemorizado, ferido e incomensurável. Sua grosseria me revoltava. Eles riam cinicamente do meu rosto, de meu aspecto atoleimado; mas como eram animalescos os seus rostos! Em nossa escola as feições degeneravam, e se revestiam de uma expressão particularmente estúpida. Quantas crianças bonitas vi entrar naquela casa! Mas, ao cabo de alguns anos, adquiriam algo de repelente. Desde a idade de dezesseis anos, eu os via com uma sombria curiosidade: a mesquinharia de seus pensamentos, a tolice de suas ocupações, de suas conversas, de seus jogos — chocavam-me de espanto. Como não chegassem a compreender certas coisas muito importantes, como não prestassem nenhuma atenção às coisas mais singulares, fui levado, involuntariamente, a me considerar muito superior a eles. Não era de modo nenhum a vaidade ferida que falava em mim e, em nome do céu!, não venhais aborrecer-me com aquela objeção de que estamos fartos até a náusea: que eu não fazia senão sonhar, enquanto eles possuíam já o sentido das realidades. Mas não! Não compreendiam nada, não tinham o menor senso das realidades, e juro que era precisamente o que mais me revoltava neles. Ao contrário, acolhiam a realidade mais evidente, aquela que lhes entrava, por assim dizer, pelos olhos adentro, da maneira mais fantasticamente estúpida, e desde essa idade já estavam habituados a só se inclinarem perante o sucesso. De tudo o que era verdadeiro e justo, mas abandonado e humilhado, zombavam estúpida e cruelmente. Estimavam mais as notas que a inteligência, e aos dezesseis anos não pensavam já senão nas sinecuras. É certo que sua estupidez contribuía muito para isso, assim como os maus exemplos de que tinham sido cercadas sua infância e juventude. Eram monstruosamente depravados. Mas havia nisso, evidentemente, um lado exterior, certa atitude cínica, e seu frescor, sua juventude, transpareciam, às vezes, apesar de tudo, através da sua depravação; mas esse frescor mesmo era pouco atraente neles, pois manifestava-se por uma espécie de sensualidade grosseira. Eu os odiava, embora fosse pior do que eles, talvez. Pagavam-me na mesma moeda, e nem sequer escondiam o desprezo que eu lhes inspirava. Mas eu tinha deixado de pensar na amizade deles; pelo contrário, só aspirava a humilhá-los.

Para me livrar de suas zombarias, estudei o mais que pude, e coloquei-me assim entre os primeiros. Isto os dominou. Demais, compreenderam todos, pouco a pouco, que eu tinha lido certos livros que eles não podiam ainda conhecer, e que eu compreendia certas coisas (não estávamos ainda nos cursos especiais) que lhes eram completamente estranhas. Verificavam-no com uma estupefação escarninha, mas suportavam contudo o meu prestígio, tanto mais que meus conhecimentos tinham igualmente atraído a atenção de nossos mestres. As zombarias cessaram então, mas a antipatia ficou, e estabeleceram-se entre nós relações frias, oficiais.

No fim, eu mesmo não aguentei mais: com os anos, sentia a necessidade de ir para os homens, de ter amigos. Tentei pois me aproximar de alguns colegas; mas havia sempre alguma coisa de falso em nossas relações, que muito depressa terminavam. Uma vez, entretanto, tive um amigo. Mas eu era já um déspota na alma; pretendia dominar inteiramente seu espírito, queria insuflar-lhe o desprezo pelos que o cercavam, exigia dele que rompesse definitiva e altivamente com o meio. Minha amizade apaixonada o apavorou; perturbei-o até as lágrimas, até as convulsões. Era uma alma ingênua e generosa. Mas, desde que se tinha dado a mim inteiramente, detestei-o e o repeli. Como se não tivesse tido necessidade disso senão para obter uma vitória e me tornar senhor. Mas não podia vencê-los a todos. Meu amigo, também, não se parecia a nenhum deles; era uma rara exceção.

Uma vez terminados meus estudos, não tive nada mais urgente a fazer que abandonar a carreira especial à qual tinha sido destinado, a fim de romper todos os liames, para poder maldizer o passado e cobri-lo de cinza... Depois de tudo isso, o diabo sabe por que é que eu ia ainda à casa de Simonov!

No dia seguinte acordei cedo; levantei-me extremamente agitado, como se o jantar fosse naquela hora mesmo. Mas estava persuadido de que devia se dar, que se daria hoje mesmo uma alteração radical em minha existência. Era a falta de hábito provavelmente; em todo caso, durante toda a minha vida, em face de cada acontecimento, por mínimo que fosse, esperava sempre uma transformação completa em minha existência. Fui, de resto, à repartição, como de costume, mas saí duas horas antes, a fim de me preparar. "Sobretudo", pensei, "não devo chegar primeiro, para que eles não possam imaginar que estava impaciente". Mas, além dessa, eu tinha ainda muitas outras preocupações! Estava tão agitado que isso me tornou muito fraco.

Limpei ainda uma vez minhas botas: Apolo não teria consentido por nada no mundo em mas engraxar duas vezes num dia, considerando que isso traria desordem ao seu serviço. Para essa limpeza, tive que me apoderar sub-repticiamente das escovas que se encontravam na antecâmara, a fim de que Apolo não notasse que eu mesmo limpava minhas botas e não me desprezasse. Em seguida, examinei minuciosamente minhas vestes e fui obrigado a verificar que tudo estava velho e usado. Estava verdadeiramente muito desleixado.

Meu uniforme talvez estivesse ainda decente, mas não podia ir jantar de uniforme. O pior era que minhas calças tinham no joelho uma imensa mancha amarela. Eu previa já que essa mancha me levaria os nove décimos da minha dignidade. Mas sabia também que era baixo e vulgar pensar assim. "Agora, de resto, não se trata de pensar; estamos em plena realidade." Eu me dizia isso, mas perdia cada vez mais a coragem. Sabia muito bem que exagerava monstruosamente todos esses fatos; mas que fazer! Eu não me dominava mais, e a febre me agitava.

Representava-me com desespero o tom altivo e frio com o qual me acolheria esse canalha de Zverkov, o desprezo estúpido, inelutável, com o qual me olharia Trudoliubov; e também o riso impudente desse inseto, Ferfitchkin, que iria querer fazer sua corte a Zverkov. Quanto a Simonov, compreenderia tudo e me desprezaria pela baixeza da minha vaidade e covardia. E depois, sobretudo, como tudo isso seria miserável, pouco *literário,* banal! O melhor seria, evidentemente, ficar em casa. Mas era justamente mais difícil que todo o resto. Quando começava a me sentir atraído assim, eu me afundava completamente. Eu zombaria de mim mais tarde, durante toda a minha vida. "Pois bem! Tiveste medo, tiveste medo da realidade! Sim, medo!" Ao contrário, eu queria a todo custo demonstrar a esse "bigorrilha" que não era absolutamente tão covarde como podia parecer. Mas, há mais ainda: em plena febre, eu sonhava vencê-los, triunfar, encantá--los, forçá-los a estimarem-me, pelo menos pela "elevação do meu pensamento e pelo meu inegável espírito cáustico". Abandonarão Zverkov, ele ficará sozinho, no seu canto, silencioso e confuso, e eu o esmagarei. Em seguida, consentirei talvez em me reconciliar com ele; beberemos e nos trataremos por tu.

Mas o mais irritante, o mais ofensivo, era que eu sabia, sabia perfeitamente que não tinha, em suma, necessidade nenhuma de nada disso, e que não desejava de modo algum esmagá-los, vencê--los, encantá-los, e que, a começar por mim, eu não teria dado um tostão por esse resultado, se o tivesse atingido. Oh! Como implorava a Deus para que essa noite passasse o mais depressa possível! Cheio de uma angústia inexprimível, aproximei-me da janela, abri a rótula e tentei penetrar com os olhos o opaco véu de neve fundida que caía em grossos flocos.

Por fim, meu velho reloginho bateu, tossindo as cinco horas. Apanhei meu chapéu, e, tratando de não olhar muito Apolo, que esperava seu pagamento desde manhã, mas que, por tolice, não queria me falar primeiro, escapuli-me para a rua. Aluguei uma bela carruagem com os últimos cinquenta copeques que me restavam e cheguei como um grande senhor ao Hotel de Paris.

III

Eu sabia desde a véspera que chegaria primeiro. Mas não era verdadeiramente disso que se tratava agora.

Não somente nenhum deles estava ainda lá, mas tive as maiores dificuldades para encontrar o reservado que nos era destinado. A mesa ainda não estava posta. Que significava isso? Depois de muito perguntar, soube enfim dos garções que o jantar estava encomendado para as seis horas e não para as cinco, o que me foi confirmado pelo gerente do hotel. Senti-me constrangido por ter indagado. Não passava ainda das cinco e vinte. Se tinham trocado a hora, deveriam, pelo menos, me prevenir — o correio existe para isso — e não me infligir tal afronta diante de mim mesmo e… dos criados! Sentei--me. O criado veio pôr a mesa, e, em sua presença, senti-me ainda mais irritado. Pelas seis horas, por mais lâmpadas que iluminassem já a sala, ainda trouxeram velas; mas o criado não tinha pensado em trazê-las desde a minha chegada. No reservado ao lado, cada um numa mesa diferente, jantavam dois senhores, silenciosos e sombrios. Mas nas salas afastadas fazia-se grande barulho; eu ouvia até os gritos, os risos de toda uma companhia, exclamações em mau francês… Os comensais estavam com senhoras. Em uma palavra, eu me sentia desgostoso. Raramente conheci minutos mais desagradáveis; tanto que, quando às seis horas, precisamente, eles apareceram todos juntos, estive pronto a acolhê-los como salvadores e esqueci mesmo, no primeiro momento, que devia me mostrar ofendido.

Zverkov entrou primeiro, como o chefe da turma. Riam todos; mas, ao me ver, Zverkov endireitou a cabeça, avançou para mim sem se apressar, requebrando-se como uma coquete, e me estendeu a mão com um gesto amável, mas sem exagero, com uma espécie de polidez prudente, a polidez de um alto personagem; como se, mesmo ao me estender a mão, ele se protegesse contra algum perigo. Eu imaginava, ao contrário, que, tão logo entrasse, ele se poria a rir, assim como fazia outrora, com um riso agudo, gritado, e lançasse um de seus vulgares gracejos. Preparava-me para isso desde a véspera; mas não esperava de jeito nenhum um tom assim condescendente, tão altivamente polido. Ele se considera, pois, de tal maneira superior a mim, sob todos os aspectos? Se tivesse empregado esse tom senhorial apenas para me humilhar, não teria sido nada ainda; eu poderia lhe responder ao pé da letra. Mas que fazer, se, não pensando de maneira alguma em me ofender, se lhe tinha encasquetado, muito simplesmente, na estúpida cabeça de carneiro, que me era infinitamente superior e que não podia se dirigir a mim senão com um tom protetor? O coração bateu-me a esta simples suposição.

— Soube com admiração do seu desejo de ser dos nossos hoje — começou ele com uma voz ciciante e dicção defeituosa, arrastando as palavras, o que antes não fazia. — Não nos encontrávamos mais nestes últimos tempos. Você nos evitava, mas não tinha razão: não somos tão terríveis como podia parecer-lhe. Mas, em todo caso, estou muito feliz de res... ta... be... lecer.

Ele se voltou para atirar com um gesto negligente o chapéu no parapeito da janela.

— Há muito tempo que espera? — perguntou Trudoliubov.

— Cheguei às cinco horas em ponto, como fora combinado ontem — respondi em voz alta e com uma irritação que deixava prever uma explosão próxima.

— Não o tinhas prevenido de que mudamos a hora? — perguntou Trudoliubov a Simonov.

— Não. Esqueci-me — respondeu este último, mas sem demonstrar nenhum remorso, e, não se importando sequer com desculpar-se, saiu para dar suas ordens.

— Então há uma hora já que você está aqui, pobre rapaz! — exclamou zombeteiramente Zverkov, pois, de acordo com suas ideias, isto devia ser com efeito extremamente cômico. E logo, seguindo seu exemplo, o miserável Ferfitchkin desatou o seu riso antipático, agudo e trêmulo; dir-se-ia um cachorrinho. Eu lhe parecera de um ridículo perfeito.

— Não há nada de risível! — lancei eu, cada vez mais irritado, a Ferfitchkin. — A culpa é sua, e não minha. Esqueceram-se de me prevenir. É... é... é perfeitamente absurdo.

— É mais que absurdo, é pior ainda — resmungou Trudoliubov, tomando ingenuamente a minha defesa. — Você é muito calmo. É muito simplesmente uma grosseria, não premeditada; aliás... E como então Simonov?... Hum!...

— Se me tivessem pregado uma partida assim — observou Ferfitchkin — eu teria...

— Você teria que pedir para lhe servirem alguma coisa — interrompeu Zverkov —, ou mesmo começar a jantar sem nos esperar mais.

— Teria podido fazê-lo sem a sua autorização, devem concordar! — declarei num tom incisivo. — Se esperei, é que...

— Para a mesa, senhores! — exclamou Simonov, entrando. — Está tudo pronto. Garanti o champanhe; está perfeitamente gelado. Eu não conhecia seu endereço, onde poderia encontrá-lo? — disse ele, voltando-se de súbito para mim, mas sem me olhar. Tinha evidentemente alguma coisa contra mim. Ele tinha refletido desde ontem.

Cada um se sentou; eu me sentei também. A mesa era redonda. Acontecia ter à minha esquerda Trudoliubov e à direita, Simonov. Zverkov estava colocado diante de mim; Ferfitchkin sentou-se ao seu lado e junto de Trudoliubov.

— Diga-me... você está... no ministério? — perguntou-me Zverkov, continuando a se ocupar de mim. Vendo minha confusão, ele tinha imaginado seriamente que era preciso me acalmar, e me encorajar, por assim dizer. "Quererá ele que eu lhe atire uma garrafa na cabeça?" disse a mim mesmo, sentindo que o furor me invadia. Irritei-me singularmente depressa, por causa da falta de hábito, provavelmente.

— Sim, estou ligado à chancelaria — respondi com voz sacudida.

— E... acha alguma vantagem nisso? Diga-me, o que o obrigou a deixar as suas antigas ocupações?

— Para mim chegou, eis tudo. — Arrastava agora as palavras, ainda três vezes mais que ele. Quase não me dominava mais. Ferfitchkin bufou em seu lugar. Simonov me lançou um olhar irônico. Trudoliubov parou de comer e me olhou curiosamente.

Zverkov teve um ligeiro sobressalto; mas pareceu não notar nada.

— E seus ganhos?

— Que ganhos?

— Os vencimentos.

— É um exame?

Mas disse, entretanto, o montante do meu salário. Estava terrivelmente vermelho.

— Não é brilhante — observou gravemente Zverkov.

— Sim, não dá para se jantar no restaurante — completou insolentemente Ferfitchkin.

— Na minha opinião, é simplesmente a miséria — acrescentou seriamente Trudoliubov.

— E como você emagreceu, como se transformou desde então! — disse Zverkov, sem malícia desta vez, com uma espécie de piedade insolente, examinando ao mesmo tempo a mim e à minha roupa.

— Parem lá com isso! Ei-lo já todo confuso — escarneceu Ferfitchkin.

— Saiba, senhor, que não estou absolutamente confuso! — estourei por fim. — Entende? Eu janto "no restaurante", pagando do meu bolso, de meu próprio bolso, note-o, senhor Ferfitchkin, e não com o dinheiro dos outros.

— Como? Quem aqui então não janta à sua custa? Que quer dizer?

Vermelho como um camarão, Ferfitchkin me olhou direito nos olhos, com furor.

— Eu disse isso por dizer... — Senti que tinha ido longe demais. — Creio de resto que gostaria mais de conversar sobre coisas mais inteligentes.

—Você quer nos deslumbrar com a sua inteligência?

— Não se inquiete: aqui seria perfeitamente inútil.

— Mas que tem você então para cacarejar assim? Tornou-se completamente louco na sua chancelaria?

— Basta, senhores! Basta — exclamou com voz autoritária Zverkov.

— Como é besta! — resmungou Simonov.

— Com efeito, é muito besta — disse Trudoliubov, dirigindo-se grosseiramente a mim só. — Estamos reunidos aqui entre amigos, para dizer adeus ao nosso bom colega, e você se põe a discutir. Foi você quem pediu para ser dos nossos. Não destrua pois a nossa boa harmonia.

— Basta! Basta! — gritava Zverkov. — Parem, senhores! Isto verdadeiramente não está bem. Vou logo contar como quase me casei anteontem.

E eis que esse senhor nos serve uma história inepta: não se tratava do seu casamento, evidentemente, mas ela servia de pretexto para evocar generais, coronéis, e mesmo gentis-homens da Câmara, entre os quais Zverkov por pouco não desempenhava o primeiro papel. Os presentes desataram em risos aprovadores; Ferfitchkin dava até alguns gemidos.

Todos tinham me abandonado, e eu estava só, humilhado, esmagado.

"Meu Deus!" pensei. "Está ali a sociedade que me convém! E que papel estúpido desempenhei logo diante deles! Mas permiti demais a esse Ferfitchkin. Imaginam os imbecis que me honraram muito, dando-me um lugar à sua mesa, e nem pensam mesmo que sou eu, sim, eu, que lhes dou essa honra. Emagreci! Minha roupa! Oh! Malditas calças! Zverkov notou imediatamente a mancha amarela no joelho. Não há senão uma coisa a fazer: levantar da mesa, pegar o chapéu e sair sem uma palavra... Marcar-lhes assim meu desprezo. E amanhã estarei pronto a me bater em duelo. Os covardes! Não são os sete rublos que eu lamento... Eles pensarão talvez que é por isso... Que o diabo os carregue! Não os lamento, os meus sete rublos! Vou-me embora."

Não me mexi, naturalmente.

Para afogar meu desgosto, eu bebia lafite e xerez em grandes copos, e, não estando habituado, embriaguei-me rapidamente; minha irritação crescia. Veio-me de súbito a ideia de não me ir antes de os ter insultado da maneira mais insolente. Escolher o instante propício e mostrar-lhes o que valho... Mais tarde dirão: ele é ridículo, mas tão inteligente! Em uma palavra... Que o diabo os carregue!...

Dei volta à mesa com um olhar insolente e perturbado. Mas pareciam ter me esquecido completamente. *Entre eles* havia rumor e alegria. Zverkov continuava a perorar. Prestei atenção. Zverkov falava de certa bela dama que ele tinha conquistado tão bem, que, finalmente, ela lhe confessara seu amor (mentia como um burro, é claro); tinha sido ajudado, de resto, nessa história, por um de seus amigos íntimos, um jovem príncipe, o hussardo Kolia, que possui três mil almas.

— Entretanto, esse hussardo Kolia, que tem três mil almas, não está aqui; não veio lhe dizer adeus...

Lancei esta frase no meio da conversa; houve um longo silêncio.

— Você já está completamente bêbado — observou Trudoliubov, dignando-se enfim notar-me e lançando-me um olhar desdenhoso. Zverkov me examinava em silêncio, como um inseto curioso. Baixei os olhos. Simonov apressou-se a derramar champanha nas taças.

Trudoliubov levantou a taça; os outros, exceto eu, seguiram seu exemplo.

— À tua saúde e à tua feliz viagem! — disse ele a Zverkov. — Em lembrança de nossos antigos anos, senhores! Ao nosso futuro! Hurra!...

Todos beberam e se desvelaram em torno de Zverkov para abraçá-lo. Eu não me mexi; minha taça permanecia cheia diante de mim.

— E você? Por que não bebe? — urrou Trudoliubov, voltando-se para mim com ar ameaçador.

— Quero também fazer o meu discurso, senhor Trudoliubov, e beberei em seguida.

— Malvado vilão! — murmurou Simonov. Endireitei-me na cadeira e levantei minha taça. Tinha febre, preparava-me para alguma coisa extraordinária, sem saber exatamente o que ia dizer.

— Silêncio! — exclamou Ferfitchkin. — É agora que vamos enfim ouvir coisas inteligentes.

Zverkov esperava, muito sério, compreendendo de que se tratava.

— Senhor tenente Zverkov — comecei —, saiba que detesto as frases bonitas, as pessoas palavrosas e os uniformes feitos sob medida. Este é o primeiro ponto. O segundo vem a seguir.

Vi-os, a todos, se agitarem nos assentos.

— Segundo ponto: detesto os dançadores de cotilhão. Terceiro ponto: amo a verdade, a sinceridade, a honestidade. — Eu continuava quase maquinalmente, a me sentir gelado de horror, não compreendendo como ousava falar assim. — Amo o pensamento, senhor Zverkov, amo a verdadeira camaradagem, num pé de igualdade... hum... hum... Mas, de resto, por que não? Eu também beberei à sua saúde, *sior* Zverkov. Encante as jovens circassianas, mate os inimigos da Pátria, e... à sua saúde, senhor Zverkov!

Zverkov se levantou, cumprimentou-me e disse:

— Fico-lhe muito grato.

Estava extremamente ofendido e tinha empalidecido até.

— Que o diabo o carregue! — trovejou Trudoliubov, dando um violento murro em cima da mesa.

— Não! É para lhe apertar as goelas! — gritou Ferfitchkin com sua voz cortante.

— É preciso botá-lo para fora — resmungou Simonov.

— Nem uma palavra, senhores, nem um gesto! — exclamou solenemente Zverkov, detendo a fúria geral. — Agradeço a todos, mas saberei provar-lhe eu mesmo o valor que dou às suas palavras.

— Senhor Ferfitchkin! — disse eu com um tom importante, voltando-me para Ferfitchkin. — O senhor me dará a partir de amanhã satisfação pelas palavras que acaba de pronunciar.

— O quê? Um duelo? Com prazer! — respondeu-me ele.

Mas eu estava provavelmente tão cômico ao lançar-lhe o desafio, e o contraste com o meu aspecto era tal, que todos — inclusive Ferfitchkin — desataram a rir, estorcendo-se nas cadeiras.

— Mas sim, deixem-no! Está completamente bêbado! — disse com enfado Trudoliubov.

— Nunca me perdoarei por tê-lo incluído — resmungou de novo Simonov.

"É o momento de lhes atirar uma garrafa na cabeça", pensei, apanhando uma garrafa cheia... mas virei ainda um copo.

"Não, é melhor ficar até o fim. Vocês ficariam felizes demais se eu lhes deixasse o campo livre, senhores! Por nada deste mundo! Ficarei, deliberadamente, e continuarei a beber, para frisar bem que não dou nenhuma importância a tudo isso. Permanecerei, beberei, porque estamos no cabaré e eu paguei a minha conta. Ficarei a beber, porque não os considero senão manequins, seres inexistentes. Beberei... cantarei se me aprouver. Sim, cantarei; tenho direito... hum..."

Mas não cantei. Tratei somente de não olhar para nenhum deles; tomava ares desembaraçados e esperava com impaciência que fossem eles, eles mesmos, os primeiros a me dirigirem a palavra. Ai de mim! Não me falavam. E, entretanto, como nesse instante gostaria de me reconciliar com eles! Oito horas soaram, depois nove. Deixaram a mesa e se instalaram no divã. Zverkov se estendeu sobre uma espreguiçadeira e colocou os pés numa banqueta. Colocaram junto dele as garrafas e os copos. Ele por sua vez tinha lhes oferecido, com efeito, três garrafas de champanha. Quanto a mim, não me convidaram, naturalmente. Todos se reuniram em torno dele. Escutavam-no quase com veneração. Estimavam-no, evidentemente. Por quê? Por quê?, perguntei-me. Por vezes, nos transportes da embriaguez, eles se abraçavam. Discorriam sobre o Cáucaso, a verdadeira paixão, as vantagens do serviço, os rendimentos do hussardo Podarjevski, que nenhum deles conhecia; e estavam muito felizes por esses rendimentos serem importantes; falaram também da graça e da beleza da princesa D..., que eles também não conheciam, e jamais tinham visto. Chegou-se finalmente a Shakespeare, que foi declarado imortal.

Eu sorria com desprezo, caminhando ao longo da sala, da mesa até a lareira e vice-versa, ao longo da parede que ficava em frente ao divã. Tentava provar-lhes que podia perfeitamente passar sem eles e, entretanto, ao andar, batia de propósito no assoalho com os tacões. Mas em vão. Não me prestavam atenção nenhuma. Tive a paciência de ir e vir diante deles, da mesa à lareira e vice-versa, das oito às onze horas. "Ando porque isso me apraz, e ninguém pode me proibir." O garção que fazia o serviço parou diversas vezes para me olhar curiosamente. A cabeça me andava à roda, e parecia-me por vezes que eu delirava. Três vezes fiquei todo coberto de suor, no curso dessas três horas, e três vezes sequei completamente.

Em certos instantes eu me sentia cruelmente irritado pelo pensamento atroz de que me lembraria sempre, com desgosto e humilhação, dez anos, quarenta anos, desses minutos, os mais ignóbeis, os mais ridículos, os mais horríveis de toda a minha existência. Era verdadeiramente impossível humilhar-se alguém a si mesmo mais malvada e deliberadamente. Sabia-o perfeitamente, mas continuava a andar da mesa para a lareira, e da lareira para a mesa. "Oh! Se ao menos soubessem de que sentimentos, de que pensamentos sou capaz! Se soubessem como sou inteligente!", pensava por instantes, dirigindo-me mentalmente a meus inimigos instalados no divã. Mas eles se portavam como se eu não estivesse ali! Uma vez, unicamente, voltaram-se para mim; quando Zverkov pôs-se a falar de Shakespeare, desatei num riso desdenhoso. Meu riso foi tão falso, tão vil, que eles interromperam bruscamente a conversa, puseram-se a seguir atenta e muito seriamente, durante um minuto ou dois, meu passeio ao longo da parede, e *como eu não lhes prestava nenhuma atenção.* Porém nada obtive; não me dirigiram a palavra, e ao fim de dois minutos esqueceram-se de novo. Onze horas soaram.

— Senhores! — exclamou, levantando-se, Zverkov —, e agora vamos todos para lá.

— Certamente! Certamente! — aquiesceram os outros.

Voltei-me bruscamente para Zverkov. Estava a tal ponto esmagado, quebrado, que me sentia pronto para tudo, para me matar mesmo, e acabar com aquilo. Tinha febre. Meus cabelos molhados de suor colavam-se à fronte, nas têmporas.

— Zverkov, peço-lhe perdão — declarei num tom decidido. — A você também, Ferfitchkin, a todos, a todos. Ofendi todo mundo.

— Ah! ah!... O duelo lhe faz medo — disse com sua vozinha pérfida Ferfitchkin.

Senti uma pancada no coração.

— Não, não é o duelo que temo. Estou pronto a me bater com você amanhã, depois da nossa reconciliação. Insisto mesmo nesse ponto. Você não me pode recusar isso. Quero provar-lhe que o duelo não me faz medo. Você atirará primeiro, e eu, em seguida, atirarei para o ar.

— Isto o diverte — observou Simonov.

— Besteiras! — interveio Trudoliubov.

— Deixe-nos passar, então! Você nos barra o caminho... Que quer, afinal de contas? — pronunciou Zverkov com desprezo.

A todos tinha o sangue subido ao rosto, seus olhos brilhavam: tinham bebido muito.

— Quero obter sua amizade, Zverkov, eu o ofendi, mas...

— Você me ofendeu? Você? A mim? Saiba, senhor, que jamais poderá me ofender, em nenhum caso.

— E basta! A caminho! — concluiu Trudoliubov. — Partamos!

— Olímpia é minha, senhores! Está combinado? — exclamou Zverkov.

— Sim, sim, sem discussão! — responderam-lhe rindo.

Eu fiquei lá, vilipendiado, esmagado. O grupo fez uma saída rumorosa. Trudoliubov pôs-se a cantar uma canção estúpida. Simonov atrasou-se um instante para gratificar os garçãos. Adiantei-me de súbito para ele.

— Simonov! Dê-me seis rublos — disse com a resolução do desespero.

Ele me olhou, estupefato, com os olhos perturbados: também estava bêbado.

— Como? Quer ir lá conosco?

— Sim.

— Não tenho dinheiro — cortou a conversa, com um sorriso de desprezo, e se dirigiu para a saída.

Agarrei-o pela aba do capote. Era uma verdadeira angústia.

— Simonov! Eu vi que você tem dinheiro, por que me recusa? Sou um miserável? Cuidado ao me recusar! Se soubesse, se pudesse saber por que lhe peço! Todo o meu futuro depende disso, todos os meus planos!

Simonov tirou o dinheiro do bolso e quase que mo jogou.

— Tome-o, se tem tão pouca dignidade! — lançou-me cruelmente, e correu para alcançar os outros.

Fiquei só, um instante. Que desordem em torno de mim! Detritos, copos quebrados, vinho derramado, pontas de cigarro; a angústia me aperta o coração, os fumos do álcool sobem-me à cabeça; e lá adiante, aquele lacaio que viu tudo, ouviu tudo — e que me olha com curiosidade.

— Vamos para lá! — exclamei. — Ou eles imploram todos de joelhos minha amizade, beijando-me os pés, ou então... ou então eu darei uma bofetada em Zverkov!

IV

— Assim, ei-lo então, ei-lo enfim este conflito com a realidade — balbuciei, despencando quatro a quatro escada abaixo. — Não se trata mais da ida do Papa para o Brasil; não se trata mais do baile no lago de Como.

— És um miserável por zombares disso neste instante!... Que importa, pois que agora tudo está perdido!

Eles tinham desaparecido sem deixar traços, mas eu bem sabia onde encontrá-los.

Vi um carro solitário, um desses que fazem o serviço noturno; o cocheiro estava vestido com um casacão de lã, que uma neve fundida e quase quente salpicava. Estava úmido, abafado. Seu cavalinho baio, agitado, estava igualmente coberto de uma camada de neve; ele tossia. Lembro-me muito bem. Precipitei-me para o carro, mas, mal levantei o pé para entrar, a lembrança da maneira pela qual Simonov tinha jogado o dinheiro me arrasou literalmente, e caí como um saco no fundo do veículo.

— Sim, haverá muito que fazer para compensar tudo isso! — exclamei. — Mas compensá-lo-ei, ou então morrerei esta noite mesmo. Toca!

Pusemo-nos a caminho. As ideias turbilhavam loucamente na minha cabeça.

"Eles não implorarão, certamente, minha amizade de joelhos; isto não é senão uma miragem, uma estúpida miragem romântica, fantástica, é sempre o mesmo baile no lago de Como. Sou pois *obrigado* a dar uma bofetada em Zverkov. Devo dar-lhe uma bofetada. Está decidido então: corro para lhe dar uma bofetada."

— Vamos! Mais depressa!

O cocheiro sacudiu as rédeas.

"Assim que entrar, esbofeteio-o. Será preciso pronunciar algumas palavras à guisa de prefácio, antes de o estapear? Não. Entro e bato nele. Estarão todos reunidos na sala; ele estará sentado no divã com Olímpia. Maldita Olímpia! Ela zombou um dia do meu rosto e se recusou até a me seguir. Eu a arrastarei pelos cabelos e arrancarei as orelhas de Zverkov. Não, é melhor segurá-lo pela ponta da orelha e obrigá-lo assim a dar a volta à sala. Eles se precipitarão talvez sobre mim para me bater e me atirar para fora. É mesmo certo. Não importa! Terei sido o primeiro a esbofetear. É de mim que virá a iniciativa, e, de acordo com as regras da honra, isso basta. Ele estará já marcado, e para se lavar desse opróbrio não terá outro meio que bater-se em duelo. Será obrigado a se bater. Que me importa que se atirem a mim! Que me importa! Os ingratos! Os murros de Trudoliubov serão particularmente duros: ele é tão forte! Ferfitchkin, esse me pegará à traição e me arrastará pelos cabelos, estou certo. Mas não importa! Estou decidido a tudo. Seus cérebros de carneiro deverão compreender bem, afinal, o lado trágico desta história. Quando me arrastarem para a porta, eu lhes gritarei que valem ainda menos que o meu dedo mínimo."

— Mais depressa, cocheiro, mais depressa!

Ele se sobressaltou e agitou o chicote. Meu grito tinha verdadeiramente alguma coisa de selvagem.

"Nós nos batemos ao amanhecer. Está decidido. Para a minha chancelaria, tudo está acabado. Mas, onde arranjaremos pistolas? Tolices tudo isso! Pedirei um adiantamento sobre os meus vencimentos e comprarei uma. E a pólvora? E as balas? Isso é lá com as testemunhas. Não tenho amigos?"

— Tolices! — exclamei eu, cada vez mais embalado. — Tolices! O primeiro transeunte que encontrar na rua e ao qual eu peça para ser testemunha é obrigado a aceitar, como é obrigado a retirar da água um homem que se afoga. As soluções mais extravagantes são admissíveis em tais casos. Mesmo se eu pedisse ao nosso diretor para me assistir nesse duelo, ele não poderia me recusar, por simples espírito cavalheiresco, e deveria conservar o segredo. E Antone Antonovitch...

Mas, ao mesmo tempo compreendi mais claramente, mais luminosamente que ninguém neste mundo, toda a abominação e todo o ridículo de minhas suposições, e vi o reverso da medalha, mas...

— Mais depressa, cocheiro! Chicoteia, canalha! Chicoteia!

— Ah! Meu senhor! — pronunciou em tom queixoso o "representante da força inculta".

De súbito um frio de gelo caiu sobre mim.

"Mas, não seria melhor... não seria melhor voltar direito para casa? Oh! Meu Deus! Por que me meti nesse jantar? Mas é impossível! E meu passeio, durante três horas, da mesa até a lareira e da lareira para a mesa? Não, são eles, eles que devem me pagar esse passeio. Eles devem me livrar deste opróbrio."

— Fustiga, cocheiro!

"E se eles me entregarem à polícia? Não, não ousarão. Terão medo do escândalo. E se Zverkov, para marcar seu desprezo, se recusar a bater-se? Estou certo disso. Mas eu lhes provarei então... Neste caso, corro à posta dos cavalos no momento de sua partida, agarro-o pela perna, arranco-lhe o capote quando subir para a carruagem. Ferro-lhe os dentes na mão, mordo-o: 'Vejam a que pode se reduzir um homem desesperado!' Ele me baterá talvez na cabeça; os outros me cairão em cima, por último. Que importa! Gritarei a todos: 'Vejam o moleque que parte para seduzir as circassianas com o meu cuspo em pleno rosto!'

"Depois disso, naturalmente, está tudo acabado. Minha chancelaria desaparece da face da terra. Vão deter-me, julgar-me, tirar-me do ministério, vão me prender, enviar-me para a Sibéria. Não é nada! Quinze anos mais tarde, quando me libertarem, maltrapilho, miserável, encontrarei seus vestígios; eu o descobrirei numa cidade qualquer da província. Estará casado e feliz. Terá uma filha crescida... Eu lhe direi: 'Vê, monstro! Vê minhas faces lívidas e meus trapos! Perdi tudo: a felicidade, minha carreira, a arte, a ciência, *a mulher amada*... e isso por tua causa. Eis as pistolas. Vim descarregar minha arma e... eu te perdoo.' Atirarei para o ar e desaparecerei sem deixar vestígios."

Chorei até, mesmo sabendo perfeitamente, nesse mesmo minuto, que eu tinha tirado isso do *Sílvio* de Puchkin, e da *Mascarada* de Lermontov. E, subitamente, senti uma vergonha aguda, uma vergonha tal que fiz parar o cavalo, saí do carro e fiquei assim um momento, com os pés na neve, no meio da rua.

O cocheiro me olhava com espanto, soltando profundos suspiros.

Que deveria fazer? Impossível ir ter com eles; eu não obteria nada, evidentemente. Mas impossível também deixar as coisas nesse estado, pois seria demais... Meu Deus! Como poderia abandonar isso! Depois de tais insultos!

— Não! — exclamei, atirando-me de novo no carro. — É meu destino. Depressa! Depressa! Toca!

Em minha impaciência, dei um soco nas costas do cocheiro.

— Que tens? Por que me bates? — exclamou o homem, dando ele mesmo uma boa chicotada no seu matungo, que se pôs a trotar.

A neve caía em grossos flocos. Eu tinha aberto o casaco, pois pensava em coisa muito diferente. Tinha esquecido tudo, porque acabava de me decidir pela bofetada e sentia com horror que isto ia se dar *infalivelmente, em seguida,* e que *nenhuma força poderia deter os acontecimentos.* Os lampiões solitários lugubremente brilhavam na bruma nevosa, semelhantes a tochas de enterro. A neve tinha penetrado sob o meu casaco, sob o redingote, e se acumulava sob a gravata, onde se derretia; mas eu não me agasalhava; não estava tudo perdido?

Enfim, chegamos. Pulei fora do carro, quase louco; subi os poucos degraus da escada e pus-me a bater à porta com pés e mãos. Sentia nas pernas uma fraqueza extrema, sobretudo nos joelhos. Abriram estranhamente depressa, como se eu fosse esperado (e com efeito, Simonov tinha prevenido que haveria, talvez, um visitante, pois era preciso prevenir nessa casa e tomar em geral certas precauções. Era uma dessas "lojas da moda" que a polícia fechou depois: durante o dia era com efeito uma loja, mas, sendo recomendado, podia-se passar ali a noite). Atravessei rapidamente o sombrio magazine e entrei na sala de recepção, que conhecia bem e onde não ardia nesse momento senão uma única vela. Parei interdito: não havia ninguém.

— Onde estão? — perguntei a alguém.

Mas eles já tinham se separado.

Era preciso antes de tudo pagar imediatamente minha dívida a Simonov. Decidi-me a uma medida extrema, e fui pedir quinze rublos emprestados a Antone Antonovitch. Por um feliz acaso ele estava justamente de excelente humor naquela manhã e consentiu imediatamente em me adiantar o dinheiro. Fiquei tão contente que, assinado o recibo, pus-me a lhe contar com muita desenvoltura e com um tom muito natural "que tinha participado de uma festa no Hotel de Paris, com alguns amigos. Festejávamos a nomeação de um colega, poderia mesmo dizer, de um amigo de infância. É um grande gozador, você sabe, um menino mimado, de excelente família, aliás. Grande fortuna, brilhante carreira, muito espírito, encantador, numerosas aventuras... Você sabe! — Depois de meia dúzia de garrafas de champanha, fomos para lá..." E tudo isso minuciosamente, com facilidade, num tom ligeiro e satisfeito.

Voltei para casa, escrevi logo a Simonov.

Admiro ainda até agora o tom bonacheirão e franco dessa carta e seu estilo, digno verdadeiramente de um fidalgo. Eu me acusava inteiramente, habilmente, nobremente e, sobretudo, sem palavras inúteis. Desculpava-me "se ainda me é permitido desculpar-me", observando que, não estando habituado a beber, o primeiro copo que tinha bebido esperando-os no Hotel de Paris, das cinco às seis, me tinha completamente embriagado. Dirigia minhas desculpas principalmente a Simonov, mas pedia-lhe que as transmitisse também aos outros, sobretudo a Zverkov, que eu tinha — "Lembro-me como que através de um sonho" — gravemente ofendido, creio. Acrescentava que eu teria ido me explicar pessoalmente, mas que tinha dor de cabeça e que me sentia sobretudo muito confuso.

Fiquei particularmente satisfeito com a leviandade, com o descaso mesmo (aliás perfeitamente conveniente) que se exprimiam através das desculpas e que, bem melhor que todas as explicações, deviam lhes fazer entender que "toda a história de ontem" não passava aos meus olhos de uma coisa insignificante: não estou de modo nenhum esmagado, como imaginam provavelmente, senhores! Mas olho ao contrário para tudo isso muito tranquilamente, como convém a um cavalheiro que se respeita. "É preciso que a juventude se abstenha."

Nisto há mesmo qualquer coisa de altivo, disse-me, relendo a carta. Por quê? Porque sou um homem instruído, inteligente! Qualquer outro em meu lugar não teria sabido como se sair, enquanto eu tudo resolvi e me divirto de novo. Eis o que é ser um homem de sua época, instruído, inteligente! E, de resto, foi culpa do vinho que bebi... Hum! Nem toda. Não bebi aguardente, enquanto os esperava das cinco às seis. Menti a Simonov, menti impudentemente, e não tive vergonha...

De resto, estou-me nas tintas. O importante é sair desta situação.

Pus seis rublos no envelope, lacrei-o e pedi a Apolo para levá-lo à casa de Simonov. Sabendo que a carta continha dinheiro, Apolo sentiu certo respeito e consentiu em levá-la. À tarde, saí para passear. A cabeça me doía ainda e sentia vertigens.

3ª história

I

Diante de mim estava a "patroa" da casa, com um sorriso estúpido nos lábios; eu não lhe era desconhecido.

Um instante depois a porta se abriu e alguém entrou.

Sem prestar atenção ao que quer que fosse, eu andava de cá para lá, falando comigo mesmo, creio. Parecia-me ter escapado à morte, e todo o meu ser se expandia de contentamento. Porque eu o teria esbofeteado, sem dúvida alguma. Estou absolutamente certo. Mas eles não estão mais... tudo desapareceu, tudo mudou. Eu olhava em torno de mim. Não podia ainda me dar conta do que se passava. Levantei maquinalmente os olhos para a pessoa que acabava de entrar. Entrevi um rosto jovem, fresco, um tanto pálido, de supercílios escuros e direitos, de olhar sério e ligeiramente espantado. Isto logo me agradou. Tê-la-ia detestado se houvesse sorrido. Contemplei-a mais longamente e não sem um certo esforço: ainda mal tinha ordenado meus pensamentos. Havia nesse rosto uma expressão ingênua e boa, mas estranhamente séria. Estou certo de que isso a prejudicava no estabelecimento e que nenhum daqueles imbecis tinha reparado nela. De resto, não se poderia considerá-la uma beldade, se bem que fosse alta, forte, esbelta. Suas roupas eram simples. Alguma coisa de mau me mordeu o coração, e aproximei-me dela.

Vi-me no mesmo instante ao espelho. Meu rosto alterado me pareceu repelente: pálido, vil, raivoso, os cabelos em desordem. "Tanto melhor", pensei, "estou contente. Sim, estou alegre de lhe parecer repelente, isso me dá prazer!"

Do outro lado da divisão um relógio se pôs a engasgar, a tossir: dir-se-ia um homem com a garganta violentamente apertada. Esse engasgo singularmente longo foi seguido de um desagradável carrilhão agudo, espantosamente claro, como se alguém fosse atirado de súbito para a frente. Duas horas! Voltei a mim; não dormia, entretanto, mas estava numa espécie de sonolência.

Estava quase completamente escuro no quarto baixo e estreito, que um imenso guarda-roupa, cartões, vestes jogadas em desordem, retalhos, atravancavam a tal ponto que ninguém se podia mover ali. O pavio da candeia que ardia num canto, sobre uma mesa, acabava de se consumir e não despedia senão fracos clarões. Em alguns minutos estaria completamente escuro.

Voltei a mim muito rapidamente. Lembrei-me de tudo de uma vez, sem esforço; como se minhas lembranças não tivessem esperado senão o despertar para se precipitarem sobre mim. De resto, agora mesmo que eu estava calmo, alguma coisa persistia em mim, uma espécie de ponto que eu não podia esquecer e em torno do qual volteavam pesadamente meus sonhos. Mas, coisa estranha, agora, na minha lucidez, tudo que me tinha acontecido naquele dia me parecia ter se passado há muito tempo, como se eu tivesse vivido esses acontecimentos vários anos antes.

A cabeça pesava-me. Alguma coisa me parecia esvoaçar acima da cabeça e roçar-me; isso me irritava, me excitava. A angústia, a cólera se punham de novo a fervilhar em mim, e buscava uma saída. De súbito, vi ao meu lado dois olhos largamente abertos, que me contemplavam curiosa e obstinadamente. O olhar era frio e sombrio, indiferente; parecia vir de muito longe, e a impressão que causava era muito desagradável.

Uma obscura ideia surgiu no meu espírito e evocou em todo o meu corpo uma sensação desagradável, semelhante à que se experimentaria ao penetrar num subterrâneo úmido, sufocante. Pareceu-me pouco natural que esses dois olhos se pusessem a examinar-me somente agora e precisamente nesse instante. Lembrei-me também que durante as duas horas que acabavam de transcorrer eu não tinha trocado uma só palavra com esse ser e não tinha mesmo julgado que isso fosse necessário; ao contrário, tinha encontrado algum prazer nesse silêncio. Mas, nesse momento, vi claramente o absurdo, o horror da devassidão que, sem amor, brutalmente, impudentemente, começa diretamente por aquilo que coroa o verdadeiro amor. Nós nos olhamos assim durante muito tempo; mas ela não baixou os olhos diante dos meus, e seu olhar não mudou de expressão, se bem que eu sentisse por fim certa inquietude.

— Como te chamas? — perguntei, num tom brusco, para pôr termo à situação.

— Lisa — respondeu ela quase num murmúrio, mas de maneira muito pouco amável e desviando o olhar.

Calei-me.

— Que tempo hoje!... A neve... é bem triste! — disse eu quase comigo mesmo, cruzando, num gesto melancólico, os braços atrás da nuca e fixando o teto.

Ela não respondeu. Era atroz.

— És daqui? — indaguei de novo, quase zangado, e voltando-me ligeiramente para ela.

— Não.

— De onde vens?

— De Riga — respondeu ela a contragosto.

— És alemã?

— Não, russa.

— Há muito tempo aqui?

— Aqui, onde?

— Nesta casa.

— Duas semanas.

Sua voz se fazia cada vez mais contida. A candeia tinha se apagado e eu não podia mais distinguir seu rosto.

— Tens pai e mãe?

— Sim... não... sim.

— Onde estão?

— Lá em Riga.

— Que fazem?

— Nada de especial.

— Como? Quem são eles? Qual é a condição deles?

— Pequeno-burgueses.

— Moravas com eles?

— Sim.

— Que idade tens?

—Vinte anos.

— Por que os deixaste?

— Por deixar.

Esse "por deixar" significava: "Não me amole, estou aborrecida." Calamo-nos.

Deus sabe por que não me fui embora. Eu também me sentia cada vez mais desgostoso e angustiado. Por si mesmas, e sem o menor esforço da minha parte, as imagens dos acontecimentos do dia que acabava de se escoar repassavam em desordem na minha memória. Lembrei-me bruscamente de uma cena de que fora testemunha na rua, enquanto corria muito preocupado para a minha repartição.

— Saía um caixão de defunto esta manhã e quase o derrubaram.

Pronunciei estas palavras em voz alta, sem mesmo prestar atenção, não pensando absolutamente em renovar nossa conversa, quase sem o fazer por vontade própria.

— Um caixão?

— Sim, na praça dos Fenos. Tiraram-no de um porão.

— De um porão?

— Sim, de um quarto no subsolo... Enfim, tu compreendes... uma casa má... Que sujeira em torno... escamas, detritos... aquilo fedia... que horror!...

Silêncio.

— É muito desagradável enterrar alguém hoje — comecei de novo, à toa, só para não ficar calado.

— Por quê?

— O frio, a umidade (bocejei).

— Que importa? — disse ela de repente, depois de um silêncio.

— Não, é muito triste (bocejei novamente). Os coveiros praguejavam, provavelmente porque a neve os enregelava e a cova certamente estava cheia de água.

— E por que haveria água na cova? — perguntou ela com uma espécie de curiosidade, mas num tom ainda mais cortante, ainda mais brutal que antes.

Senti de súbito alguma coisa despertar em mim.

— Como então! Há sempre quinze centímetros de água. Não há uma só cova seca no cemitério de Volkovo.[15]

— Por quê?

— Por quê? Mas porque o solo é alagadiço; por toda parte há lodaçais. Coloca-se o caixão diretamente na água. Eu vi diversas vezes. (Eu não tinha visto nunca e nunca tinha ido ao cemitério de Volkovo, mas tinha ouvido contar.)

— Para ti é verdadeiramente indiferente morrer?

— Mas por que então devo morrer? — respondeu ela como se se defendesse.

— Mais dia menos dia tu morrerás, e morrerás como a defunta de que te falei... Era uma mocinha também... Morreu de tísica.

— Uma mulher da vida morreria no hospital...

"Ela já sabe disso", disse a mim mesmo, "e ela disse: uma mulher da vida, e não uma moça".

— Ela devia muito à patroa — respondi. A conversa me excitava cada vez mais. — E continuou a trabalhar quase até o último suspiro, se bem que tivesse tísica. Os cocheiros que estavam lá falavam disso com os soldados. Eram provavelmente antigos amigos. Riam, e se preparavam para esvaziar um copo à sua memória no botequim (aí também eu havia exagerado muito).

Silêncio. Silêncio profundo. Ela não fazia mesmo nenhum movimento.

— E o hospital? É melhor para morrer?

— Não é a mesma coisa? E depois, por que é preciso que eu morra? — acrescentou ela irritada.

— Não agora, mas mais tarde.

---

[15] Grande cemitério ao sul de Petersburgo. A descrição é perfeitamente exata, a cidade foi edificada numa região pantanosa. (N. T.)

— Haverá tempo...

— Não penses nisso! Tu agora és jovem, bonita, viçosa, e por isso apreciam-te aqui. Mas, no fim de um ano desta existência, serás outra; estarás já fanada.

— No fim de um ano?

— Em todo caso, dentro de um ano valerás menos — insisti malvadamente. — Deixarás esta casa por outra inferior. Depois, mais outro ano ainda, passarás para uma terceira, cada vez mais baixo, e no fim de seis ou sete anos naufragarás num quarto de porão, na praça dos Fenos. E ainda está bem; será pior se caíres doente... uma doença do peito ou outra... se apanhas friagem... Com esse gênero de vida a doença se agravará; ela não te largará mais. E por fim, morrerás.[16]

— Morrerei, e depois? — proferiu ela com voz rancorosa; e teve um brusco movimento do corpo.

— Não seria triste?

— Que tenho eu a lamentar?

— A vida.

Silêncio.

— Tinhas um noivo?

— Que lhe importa?

— Não te interrogo. A mim tanto faz! Por que te zangares? Certamente tiveste teus desgostos. Isso não me diz respeito. Mas tenho pena.

— De quem?

— De ti.

— Não vale a pena — murmurou ela baixinho, e de novo fez um brusco movimento.

Aquilo me irritou: como! Eu tinha sido afável com ela, e eis que...

— Mas que pensas, então? Pensas que estás num bom caminho?

— Não penso nada.

---

16 Note-se que o autor não faz a menor referência às doenças venéreas, possivelmente por causa da censura. (N. T.)

— Esse é que é o mal. Volta a ti, pois ainda é tempo! Ainda é tempo. És jovem, bela. Poderias amar, casar, ser feliz...

— Nem todas as casadas são felizes — respondeu ela, no mesmo tom brutal.

— Nem todas, é certo; e, entretanto, tudo é melhor que permanecer aqui. Não há comparação. Se se ama, pode-se mesmo dispensar a felicidade. A vida é bela mesmo no sofrimento. É bom viver, qualquer que seja essa vida. Enquanto aqui!... É uma podridão. Horror!

Voltei-me com desgosto. Tinha deixado de raciocinar friamente. Começava a sentir realmente as coisas sobre as quais discorria; tomava impulso. Aspirava já a desenvolver as minhas ideiazinhas preferidas que tinha incubado no meu canto. Alguma coisa se tinha aclarado de súbito em mim, um fim tinha me aparecido.

— Não repares na minha presença aqui. Tu não deves me tomar como exemplo. Sou, talvez, pior do que tu. De resto, eu estava bêbado quando entrei (diligenciava, entretanto, me escusar). E, depois, a mulher não pode imitar o homem. São coisas bem diferentes. Eu me sujo aqui, emporcalho-me, mas não sou escravo de ninguém. Entro, saio, e pronto. Sacudo-me e já sou outro. Enquanto tu! Antes de tudo, és uma escrava. Sim, uma escrava. Abandonas tudo, toda a tua vontade. Mais tarde, ainda procurarás romper esta cadeia, mas já não haverá meio. Ela te apertará cada vez mais estreitamente. Tal é esta maldita cadeia. Eu a conheço. Já não falo do resto. Tu não me compreenderias, provavelmente. Mas dize-me: certamente já deves à tua patroa? Pois bem, tu vês! — acrescentei, se bem que ela não tivesse respondido, mas se contentasse em me escutar silenciosamente, com todo o seu ser. — Eis aí já uma primeira cadeia. Não te libertarás nunca; tomarão medidas para isso. É como se tivesses vendido a tua alma ao diabo. E depois, que sabes tu? Talvez que eu seja tão desgraçado como tu e mergulhe na lama para esquecer minhas penas. Alguns bebem para esquecer. Pois bem, eu venho aqui. Dize-me... está bem?.. Nós nos deitamos... e não trocamos uma única palavra; foi somente depois que começaste a me examinar como uma selvagem e que eu, por minha vez, te olhei. É assim que se ama? É assim que o homem e a mulher devem se unir? É pura e simplesmente lamentável.

— Sim! — proferiu ela em voz rápida e cortante. A precipitação desse "sim" até me surpreendeu. Esse pensamento errava então também em sua cabeça, enquanto ela me contemplava antes. Ela era pois capaz de ter ideias. Diabo! Isto se torna interessante; há então uma certa compreensão, pensei, esfregando as mãos. Como não ir assim ao fundo de uma alma tão jovem!...

O jogo me arrastava cada vez mais.

Ela avançou a cabeça para mim e a apoiou nos braços, pareceu-me, na obscuridade. Estar-me-ia examinando? Como eu lamentava não distinguir seus olhos! Ouvia sua respiração profunda.

— Por que vieste para aqui? — perguntei-lhe já com certa autoridade.

— Porque vim.

— E, contudo, como se está bem na casa paterna! Como é tépido e confortável ali! Era teu ninho.

— E se estivesse ali pior que aqui?

"É preciso encontrar o tom justo", disse comigo mesmo. "Com sentimentalismo não obterei grande coisa."

De resto esse pensamento apenas atravessou meu espírito. Juro que essa mulher efetivamente me interessava; demais, estava enfraquecido e disposto aos sentimentos generosos, com os quais a astúcia faz muito facilmente boa camaradagem.

— Quem o negará? Tudo acontece — respondi precipitadamente. — Estou certo, por exemplo, que te ofenderam, e que a culpa lhes cabe primeiro *a eles,* que o erro não é teu, mas deles. Nada sei da tua história; mas uma rapariga como tu não entrou aqui certamente por livre e espontânea vontade.

— Que é que significa "uma rapariga como eu"? — murmurou ela com voz apenas perceptível; mas eu a ouvi assim mesmo.

Diabo! Eu a lisonjeio. É covarde. Mas talvez que vá muito bem...

Ela se calava.

— Vê, Lisa, eu te citarei meu exemplo. Se eu tivesse tido uma família, quando criança, não seria hoje o que sou. Refleti a esse respeito frequentemente. Por pior que te sintas entre a família, teu pai e tua mãe não são, de modo algum, para ti, inimigos, estranhos. Eles te exprimirão amor, ao menos uma vez por ano. Apesar de tudo, sabes que estás em tua casa. Agora, eu, não tinha família, e foi provavelmente por causa disso que me tornei tão... insensível.

Esperei de novo.

"Ela não compreende, talvez", pensei. "É ridículo dar-lhe lições de moral."

— Se eu fosse pai e se tivesse uma filha, creio que a amaria mais que um filho; estou certo. — Tentava tomar as coisas por longe, a fim de a distrair. Confesso: enrubescia.

— Por quê? — perguntou ela.

Ah! Então ela me escuta.

— Não sei, Lisa. Vês, eu conhecia um pai; era um homem severo e duro. Mas estava de joelhos diante da filha; abraçava seus pés, suas mãos, não cessava de admirá-la. Ela dança, no baile, e ele fica durante cinco horas de pé, no mesmo lugar, e não a perde de vista. Era doido por ela. E eu compreendo isso. Durante a noite, enquanto ela dorme, ele se levanta, vem abraçá-la e abençoá-la, durante o sono. Era avarento para os outros e passeava ele próprio vestido com um velho redingote ensebado; mas, para ela, não olhava despesas; dava-lhe presentes caros; e qual não era sua alegria quando ela se mostrava contente! Os pais amam sempre as filhas, mais que as mães. As filhas são geralmente felizes na casa paterna. Por mim, se tivesse uma filha, creio que não a deixaria casar.

— Ora veja! Por quê? — disse ela, sorrindo ligeiramente.

— Eu teria ciúmes, na verdade. Como poderia ela abraçar um estranho? Como poderia amar alguém mais que a seu pai? É penoso pensar nisso. Não passam de tolices, evidentemente, e a gente se torna finalmente razoável. Mas parece-me que antes de casá-la teria tido muito cuidado com os pretendentes e teria eliminado todos, um depois do outro, para acabar entretanto casando-a com aquele que ela amasse. Ora, o homem que a filha ama é precisamente aquele que desagrada mais ao pai. Sim, é isso mesmo. E acontecem muitas desgraças por causa disso, nas famílias.

— Há os que ficam felizes por venderem a filha, e não por casá-las, honradamente — disse ela de súbito.

Ah! Então é disso que se trata!...

— Isso, Lisa, não acontece senão nas famílias amaldiçoadas, onde não há nem Deus nem amor — repliquei ardentemente. — E onde o amor não está, a razão está do mesmo modo ausente. Tais famílias existem, é verdade, mas não é delas que falo. Vejo que não foste feliz na tua casa, pois que falas assim. Sim, com efeito, és uma desgraçada. Hum... É a pobreza, geralmente, a causa de todos esses males.

— E entre os bem-nascidos as coisas se passam de maneira diferente? As pessoas honestas vivem felizes mesmo na indigência.

— Hum... Sim. Bem pode ser. E depois, Lisa, acontece ainda que o homem só repara no seu sofrimento e não se detém na sua felicidade. Se refletisse na sua felicidade, veria que a cada uma das etapas de sua vida cabe um quinhão dela. Mas, se tudo vai bem na família, se Deus a abençoou, se o marido é bom, se ele se ocupa de ti, se não te deixa... Como se está bem então nessa família! Mesmo se a desgraça aí penetra. Aliás, desgraça não entra em toda parte? Se te casares, um dia tu mesma o saberás, talvez. Tomemos, para comparação, os primeiros tempos de tua existência com aquele que amas: quanta felicidade, às vezes! Quanta felicidade! E isto acontece constantemente. As próprias brigas terminam bem entre vocês nesses primeiros tempos. Há algumas que, quanto mais amam o marido, mais procuram brigar com ele. Eu te asseguro; conhecia uma desse tipo: "Eu te amo tanto! E te faço sofrer a fim de que repares." Conheces isso? Pode acontecer que se atormente um homem precisamente por amá-lo. As mulheres fazem isso. E durante esse tempo, ela pensa: "Eu te amarei de tal modo, eu te acariciarei tanto, que verdadeiramente deve ser-me permitido te atormentar um pouco agora." E todos em torno de vocês partilham sua alegria; tudo está bem, decente, pacífico e alegre. Há as que são ciumentas.

Se ele sai — conhecia uma que procedia assim —, ela não o suporta. Levanta-se de noite e corre a ver se ele não está em tal lugar, com tal mulher. Isso é muito mau. Ela própria o sabe; seu coração sofre, ele se julga e se condena; mas que queres? Ela o ama! Mas como é boa a reconciliação, depois de ter brigado! Pedir-lhe perdão, ou então, pelo contrário, perdoá-lo. Os dois se sentirão tão bem! Como se acabassem de se encontrar, como se somente tivessem acabado de se casar, e seu amor não estivesse senão no começo... E ninguém, ninguém deve conhecer o que se passa entre marido e mulher, se eles se amam verdadeiramente. Quaisquer que sejam as desavenças, não devem tomar como juiz nem mesmo sua mãe e nem contar seja o que for. São eles mesmos os seus próprios juízes. O amor é um mistério divino e que deve permanecer escondido aos olhos de todos, aconteça o que acontecer. É melhor assim, é mais santo. Estimam-se mais, e é sobre a estima que se edificam muitas coisas. E se se é amado, se se casou por amor, por que é preciso que o amor morra? Não será possível, em verdade, mantê-lo vivo? É raro que isso não seja possível. Se o marido é bom e honesto, por que não o conseguiriam? O primeiro amor passará, é verdade, mas um outro se seguirá, muito superior. As almas se unirão então, tudo será posto em comum, não terão segredos um para o outro. E quando vierem os filhos, tudo então parecerá belo, mesmo as coisas mais difíceis, contanto que se ame e se tenha coragem. O próprio trabalho está cheio de alegria, e é com alegria também que se tira o pão da boca, para o dar aos filhos. Pois eles te amarão por isso, mais tarde. Será então por ti que economizas. Os filhos crescem; sentes que lhes serves de exemplo, que és o seu amparo, que quando morreres eles guardarão sempre dentro de si os teus pensamentos, os sentimentos recebidos de ti, e serão feitos à tua imagem. Isto, pois, te impõe um grave dever... Nestas condições, como não se uniriam mais estreitamente ainda marido e mulher? Diz-se que é penoso ter filhos. Quem diz isso? Pelo contrário, é uma alegria divina. Gostas de crianças, Lisa? Eu as adoro. Tu vês... um bebezinho cor-de-rosa que suga o seio... Que marido não se enterneceria vendo a esposa com o filho nos braços?... Uma criancinha rosada, rechonchuda, ela se joga para trás, brinca... pezinhos, mãozinhas gordas e cheias, pequeninas unhas muito limpas, tão pequenas que são mesmo cômicas, olhinhos que parecem já tudo compreender. E, mamando, dá tapinhas no teu seio; ela brinca, ela te dá puxões. O pai se aproxima, ei-la que solta o seio, joga-se para trás, olha o pai e se põe a rir: Deus, como é engraçado! Depois, volta a mamar. De outra vez, morderá o seio de sua mãe, se os dentes se põem a crescer, e lhe deitará ao mesmo tempo um olhar malicioso: "Tu o sentes? Eu te mordi!..." Não é a felicidade, a felicidade completa, quando estão todos juntos, o pai, a mãe e o filho? Pode-se perdoar muito por esses instantes. Não, Lisa, antes de acusar os outros, é preciso ainda aprender por si mesmo a viver!

"É com esses quadros, precisamente com esses quadros que é preciso agir sobre ti!", pensei comigo mesmo, se bem que tivesse falado muito sinceramente, juro! De súbito, senti-me corar... "E se ela desata a rir, onde me esconderei?" Esta ideia me deu raiva. Para o fim do meu discurso, eu estava muito excitado, e agora meu amor-próprio sofria. O silêncio durava. Tive mesmo desejo de a repelir.

— Que é que o senhor... — começou ela; depois parou.

Mas eu já tinha compreendido tudo. Alguma coisa diferente tremia já na sua voz: não se distinguiam mais a brutalidade e a obstinação de antes, mas um sentimento doce, pelo contrário, pudico, tão pudico, que me senti de repente envergonhado diante dela e culpado.

— O quê? — perguntei com terna curiosidade.

— O senhor...

— Mas o quê?

— Dir-se-ia que está lendo num livro — disse ela; e de novo acreditei surpreender uma zombaria na sua voz.

Essa observação me feriu dolorosamente. Esperava outra coisa.

Não compreendi que ela disfarçava seus sentimentos, sob um tom de gracejo, que era a última astúcia dos corações pudicos e solitários que se quer brutalmente penetrar e que, até o derradeiro minuto, recusam orgulhosamente se render e temem manifestar seus sentimentos. Só de acordo com a timidez que ela manifestou retomando várias vezes sua frase escarninha antes de se decidir a pronunciá-la, só de acordo com isso, eu teria podido compreender tudo; mas não adivinhei coisa alguma, e um mau sentimento se apoderou de mim.

"Espera um pouco!", disse comigo mesmo.

II

— Ah! Lisa! Trata-se realmente de livros! Isto não me concerne, mas estou aborrecido. E, por outro lado, comove-me também. Minha alma despertou. É verdade que não te sentes profundamente desgostosa aqui? Sim, o hábito é uma grande coisa. O diabo sabe até onde o hábito pode levar o homem. Crês seriamente que não envelhecerás nunca, que serás sempre bonita e que te conservarão sempre aqui? Não te falo da lama deste lugar; mas eis o que te direi de tua existência nesta casa: tu agora és jovem, bonita, viçosa, tens uma alma, sentimento; mas sabes que quando voltei a mim foi-me penoso encontrar-me junto de ti? Só se vem encalhar aqui quando se está completamente embriagado. Enquanto que, se eu tivesse te encontrado em outro lugar, se tivesses vivido como vivem as pessoas honestas, é possível que não só eu te houvesse feito a corte, mas tivesse me apaixonado por ti, que eu tivesse ficado feliz com o teu olhar e não somente com uma palavra. Eu teria talvez te esperado à porta, teria passado horas a teus pés, considerar-te-ia minha noiva e acreditaria que me fazias uma grande honra. Não teria ousado te macular, mesmo em pensamento. Ao passo que aqui é suficiente assobiar e tu acorres e és obrigada a me seguir, queiras ou não; não sou eu que dependo da tua vontade, mas tu que dependes da minha. Quando o último dos mujiques se ajusta para trabalhar, não se vende, contudo, completa e inteiramente, e, além disso, sabe que é só por certo tempo. E tu? Qual é esse tempo? Pensa um pouco no que vendes aqui, no que entregas na tua escravidão! É tua alma, com teu corpo! Não podes mais dispor de tua alma. Entregas teu amor ao primeiro bêbado que passa, para que ele o espezinhe. Mas o amor é tudo. É um diamante, é o tesouro da moça, o amor. Para obtê-lo, a esse amor, há os que são capazes de se arriscarem até a morte, de perderem sua alma. E aqui, quem considera esse amor? Compram--te inteiramente. E quem tem necessidade de teu amor, pois que já obtiveram tudo de ti, mesmo sem amor! Não pode haver ofensa mais atroz para uma moça, compreende-o, pois!

"Ouvi dizer que as lisonjeiam aqui, a vocês, tolas, e que se lhes permite ter amantes. Mas isso não é senão uma farsa, uma mentira. Riem-se de vocês e vocês creem nisso. Teu amante pode verdadeiramente te amar? Não o admito. Como pode te amar quando sabe que vão te chamar e que deverás deixá-lo por outro? É um sujo se consente nisso. É possível te estimar, por pouco que seja? Que têm vocês de comum? Ele ri de ti e ainda por cima te rouba o lucro. Eis em que consiste todo o seu amor. E ainda és feliz se ele não te bate. Aliás, talvez te bata. Pergunta ao teu, se o tens, se ele quer te desposar. Rebentará de rir na tua cara, se não te cuspir, ou se não te bater. Mas ele mesmo não vale mais que dois tostões furados. E por quê, pensa, enterraste aqui tua existência? Para que te deem café, para que te alimentem bem? Mas com que fim te alimentam? Uma outra, uma moça honesta, não seria mesmo capaz de engolir um bocado, porque compreenderia com que fim a sustentam. Tu já deves à patroa; dever-lhe-ás ainda mais, e até o fim de teus dias tu lhe deverás, sempre mais, até que os fregueses, desgostosos, nada mais queiram de ti. Isso acontecerá logo. Não tenhas confiança em tua juventude. O tempo aqui corre a galope. Qualquer dia te mostrarão a porta da rua. Mas, antes de te expulsarem, serás perseguida ainda com censuras e insultos, como se não tivesses dado à tua patroa tua juventude, tua saúde, como se não lhe tivesses entregado tua alma; mas dirão que causas sua ruína, como se a tivesses roubado e mergulhado na miséria. E não esperes auxílio de ninguém! As outras, tuas companheiras, te cairão também em cima, para lisonjearem a patroa, porque elas estão todas na escravidão aqui e perderam, já há muito tempo, toda a piedade, toda a consciência. São covardes, e não há sobre a terra insultos mais torpes, mais vis, mais cruéis que aqueles que elas te farão tragar. Abandonarás tudo aqui, sem sequer notá-lo: saúde, juventude, beleza, esperanças, e aos vinte e dois anos terás já o aspecto de uma mulher de trinta. Ainda serás feliz se não caíres doente! Dá graças a Deus! Tu imaginas, estou certo, que não trabalhas, que é continuamente festa para ti. Mas não há e nem houve jamais trabalho tão penoso quanto o teu, e teu coração deveria fundir-se em lágrimas.

"E não ousarás pronunciar uma única palavra, nem mesmo meia palavra, quando te expulsarem daqui. Partirás curvada como uma culpada. Irás para uma outra casa, depois para uma terceira, depois ainda para outra parte, e finalmente naufragarás na praça dos Fenos; e lá não cessarão um instante de te bater, por nada, ao passares. Tal é a lei do lugar. Ali, o freguês é incapaz de te abraçar sem antes te bater. Não queres crer que seja tão horrível? Vai lá uma vez! Talvez possas ver com teus próprios olhos.

"Vi uma vez, na véspera do Ano Novo, uma dessas mulheres. Puseram-na para fora, por caçoada, para 'refrescá-la' um pouco, porque berrava demais; e depois lhe fecharam a porta. Às nove horas da manhã estava já completamente bêbada, desgrenhada, seminua, o corpo zebrado de vergões. Seu rosto estava pintado em demasia; mas sob os olhos viam-se grandes manchas negras, e o sangue lhe corria da boca e do nariz. Fora posta nesse estado por um cocheiro de fiacre. Sentada nos degraus de pedra da escada, segurava um peixe salgado. Berrava, repetia com obstinação as mesmas frases sobre a sua desgraçada sorte, e batia nos degraus com o seu peixe salgado. Cocheiros, soldados, bêbados estavam reunidos em torno dela; riam, divertiam-se em excitá-la. Não queres admitir que serás semelhante a essa mulher. Eu também não quero acreditar. Mas que sabes tu? Há oito ou dez anos, essa mesma mulher do peixe salgado chegava aqui, não sei de onde, fresca como um querubim, inocente, limpa, não conhecendo nada do mal, enrubescendo a cada palavra. Talvez fosse parecida contigo, altiva e suscetível, com olhares de rainha, e persuadida de que uma felicidade imensa havia de tocar àquele que a amasse e que ela também amasse. Vês como isso terminou.

"E que dizes se no momento mesmo em que socava os degraus de pedra com o seu pedaço de peixe salgado, bêbada e desgrenhada, ela se lembrasse, nesse momento exato, de seus puros anos passados na casa paterna, quando ainda ia à escola e quando o filho do vizinho a esperava no caminho e lhe jurava que a amaria eternamente e lhe consagraria a vida inteira, depois do que se tinham prometido amor eterno e decidido se casar assim que crescessem?...

"Não, Lisa! Seria uma felicidade para ti, sim, uma felicidade, se pudesses morrer num canto, num porão, como essa tísica de que te falei antes. Falas de hospital. Terás muita sorte se te levarem para lá! Mas imagina que a tua patroa ainda precisa de ti. A tísica não é um acesso de febre. O doente conserva a esperança até o derradeiro minuto e diz que se sente bem; engana-se a si mesmo, o que é muito vantajoso para a patroa. Sim, é isso mesmo. Vendeste-lhe a alma, e, ainda por cima, lhe deves dinheiro. Então, não tens mais o direito nem de abrir a boca. E quando agonizares, toda a gente te evitará e abandonará, pois para que servirás nessa altura? Mas ainda te censurarão por ocupares espaço demais e por não morreres bem depressa. Não poderás mesmo conseguir um pouco de água; e, se ta derem, será te injuriando: 'Quando arrebentarás enfim, estafermo? Tu nos impedes de dormir com teus gemidos, os fregueses estão aborrecidos'. Sim, é assim mesmo. Eu próprio ouvi tais censuras. Lançar-te-ão meio morta no canto mais escuro, mais fétido de um porão... Aí é úmido, sombrio. Em que pensarás então, estendida, só? E, quando por fim morreres, mãos estranhas te amortalharão às pressas, com impaciência, praguejando. Ninguém suspirará, pensando em ti, ninguém virá abençoar teu corpo; mas se apressarão em se desembaraçar de ti, o mais depressa possível. Comprarão um caixão grosseiro e te levarão assim como levaram hoje aquela desgraçada; e depois irão beber um copo à tua memória. A cova está cheia de lama, de neve derretida. Mas não é por ti que farão cerimônias! '—Vamos, Vânia, desce por aqui! É o destino dela! Até aqui continua a virar as pernas para cima... estica as cordas, animal!' '— É bem assim!' '— Mas não vês que ela está deitada de lado! Apesar de tudo, era um ser humano. Enfim, não importa, joga terra!' Eles nem mesmo quererão discutir muito tempo a teu respeito. Cobrir-te-ão o mais depressa possível com uma camada de terra lamacenta e irão ao botequim. Será teu fim, e não pensarão mais em ti. Veem-se, junto de outros túmulos, crianças, pais, maridos, mas sobre o teu nem uma lágrima, nem um suspiro; e ninguém, jamais ninguém no universo inteiro, parará junto de tua cova. Teu nome desaparecerá da face da terra, como se nunca tivesses existido, como se nem mesmo tivesses nascido. O lodo, o pântano... De noite, podes bater quanto quiseres na tampa do caixão, à hora em que os mortos se levantam: 'Deixem-me sair, boa gente! Quero ver a luz! Vivi sem viver; minha vida serviu de tapete para os pés dos transeuntes; beberam-na, venderam-na, na praça dos Fenos! Deixem-me sair, boa gente! Quero viver ao menos uma vez!'"

Eu estava em êxtase, espasmos me contraíam a garganta e... parei bruscamente, ergui-me horrorizado no leito, e inclinando assustadamente a cabeça, coração batendo, prestei atenção: havia por que sentir perturbação.

Havia já alguns momentos que suspeitava ter-lhe transtornado a alma e partido o coração; porém, quanto mais tinha certeza disso, mais completa, mais rápida eu queria minha vitória. O jogo, sim, o jogo me arrastava, mas, de resto, não era unicamente um jogo...

Eu sabia que falava pesadamente, canhestramente, num estilo livresco; mas isso não me perturbava. Sabia que seria compreendido, e que esse tom livresco me seria de grande ajuda nesse transe. Mas nesse instante, tendo atingido meu fim, tive medo.

Não, nunca, nunca fui testemunha de tão grande desespero. Ela estava deitada, com o rosto profundamente enterrado no travesseiro que apertava nos braços. Os soluços dilaceravam-lhe o peito. Todo o jovem corpo lhe tremia, como que tomado de convulsões. Os soluços que se lhe acumulavam na garganta e a sufocavam de súbito se escapavam em gritos, em altos lamentos. Então ela afundava ainda mais a cabeça no travesseiro; não queria que ninguém, que nenhuma alma soubesse aqui do seu sofrimento e das suas lágrimas. Mordia o travesseiro, mordeu mesmo o braço até sangrar (verifiquei mais tarde), ou então, mergulhando os dedos nos cabelos esparsos, permanecia assim tensa, num esforço atroz, retendo a respiração, os dentes cerrados.

Tentei dizer-lhe alguma coisa, pedir-lhe que se acalmasse, mas senti que não tinha coragem, e, de súbito, como que tomado de pânico, lancei-me às apalpadelas, cheio de horror, a fim de me vestir e de escapar. Estava escuro; malgrado todos os esforços, não podia andar depressa. De repente encontrei sob a mão uma caixa de fósforos e um castiçal com uma vela inteira. Mal a luz clareou o quarto, Lisa pulou e sentou-se no leito, com o rosto contraído, e me olhou com um sorriso quase de louca, o ar imbecilizado. Sentei-me ao lado dela e tomei-lhe as mãos; ela voltou a si, atirou-se para mim, quis me rodear com os braços, mas não ousou e baixou lentamente a cabeça.

— Lisa, minha amiga, fiz mal… Perdoa-me — comecei; porém ela apertou tão fortemente minhas mãos entre seus dedos que adivinhei não estar dizendo o que era necessário; calei-me. — Eis meu endereço, Lisa! Vem me ver.

— Irei — murmurou num tom resoluto, não levantando entretanto a cabeça.

— Vou-me embora agora. Adeus…, até breve!

Levantei-me; ela se levantou também, depois, de súbito, corou muito, teve um sobressalto, apanhou um xale de cima de uma cadeira e cobriu o colo e as espáduas até o queixo. Após o que teve de novo um sorriso desajeitado, corou ainda e me olhou estranhamente. Isso me fez mal; eu tinha pressa de sair, de desaparecer.

— Espere um instante — disse ela de súbito, na saleta, junto da porta, segurando-me pela aba do casaco. Largou o castiçal e partiu correndo; tinha evidentemente esquecido alguma coisa que queria me mostrar. Estava toda corada, seus olhos brilhavam, seus lábios sorriam; que poderia ser? Esperei. Voltou ao cabo de um minuto; seu olhar parecia querer se desculpar. Não era mais o mesmo rosto, o mesmo olhar de antes, sombrio, suspeitoso e obstinado; seu olhar era doce agora, quase implorativo, e ao mesmo tempo confiante, carinhoso e tímido. É assim que as crianças olham aqueles que amam e aos quais pedem alguma coisa. Seus olhos eram de um castanho-claro, belos olhos vivos, sabendo exprimir o amor e o ódio.

Julgando inútil explicar-me fosse o que fosse, como se eu fora um ser superior que compreendesse tudo sem explicação, ela me estendeu um pedaço de papel. Todo o seu rosto se iluminou nesse instante de uma alegria ingênua, quase infantil. Tomei o papel: era uma carta a ela dirigida por um estudante de medicina, creio, uma declaração de amor muito solene, muito floreada, mas extremamente respeitosa. Não me recordo agora das expressões, mas lembro-me bem de ter sentido palpitar, através do estilo empolado, esse sentimento autêntico, que é impossível disfarçar. Quando terminei de ler, encontrei, fixo em mim, o seu olhar ardente, curioso e impaciente como o das crianças. Seus olhos estavam presos aos meus, e ela esperava febril o que eu ia dizer-lhe. Em algumas palavras rápidas, mas com uma espécie de alegre altivez, explicou-me que tinha sido convidada para uma vesperal dançante em casa de família, gente muito, muito fina, "onde não se sabia nada ainda, *absolutamente nada*" (pois não faz muito tempo que ela está aqui, para ver somente, e está decidida a não permanecer; assim que pagar sua dívida, irá embora). E aí está, o estudante estava também nessa vesperal; dançou todo o tempo com ela e descobriu que já se conheciam em Riga, quando crianças, e que tinham brincado juntos, mas há muito tempo; ele conhecia também os pais dela. Mas não sabe nada da sua situação, nada, absolutamente nada, e não tem a menor suspeita. E eis que no dia seguinte (há três dias) mandou-lhe aquela carta, por intermédio de uma amiga que a tinha acompanhado à vesperal, "e... pronto, é tudo".

Quando terminou seu relato, abaixou, confusa, os olhos cintilantes.

A pobrezinha conservava essa carta como um objeto precioso, e tinha me mostrado seu único tesouro, a fim de que eu pudesse verificar, antes de partir, que se podia amá-la, a ela também, honestamente, sinceramente, que se podia escrever-lhe, a ela também, num tom respeitoso. Essa carta estava certamente destinada a ficar ali numa caixa, não teria nenhuma continuação. Não importa, estou seguro de que ela a conservou toda a vida como um objeto precioso; era seu orgulho, sua justificação. Tinha se lembrado dela nesse instante e ma trouxera para se vangloriar ingenuamente, para reconquistar minha consideração, para eu a felicitar. Não lhe disse nada; apertei-lhe a mão e saí. Tinha tanta vontade de sair!...

Fiz a pé todo o trajeto até a casa, se bem que a neve derretida continuasse a cair em grossos flocos. Sofria, estava arrasado, sentia-me inteiramente perplexo; mas, através dessa perplexidade, entrevia já a verdade. Uma verdade muito feia.

III

Não consenti, de resto, em admiti-la logo, essa verdade. Despertando na manhã seguinte, depois de algumas horas de um sono de chumbo, e tendo repassado os acontecimentos do dia, admirei-me até do excesso de sentimentalismo que tinha tido junto a Lisa, de todas as coisas atrozes e lamentáveis que lhe tinha dito. "Como se pode ter os nervos a tal ponto alterados! É aborrecido! E que necessidade tinha eu de lhe dar meu endereço? Que fazer, se ela vier? Aliás, que venha logo! Não é nada, não é nada."............................

....

....

....

....

....

À tarde, saí para passear. A cabeça ainda me doía e eu tinha vertigens. Mas, à medida que a noite caía e a obscuridade se fazia mais densa, minhas impressões e em seguida minhas ideias se misturavam, se confundiam. Havia alguma coisa em mim, no fundo do meu coração, no fundo da minha consciência, alguma coisa que não queria morrer e que se revelava por uma estranha angústia. Eu vagueava pelas ruas mais frequentadas, de comércio mais intenso: a Miesstchanskaia, a Sadovaia, perto do jardim de Yussupov. Gostava sobretudo de passear por essas ruas ao cair da tarde, precisamente quando estão cheias de gente — transeuntes apressados, comerciantes, artesãos que, terminado o trabalho, retornam aos lares, as feições marcadas pela fadiga. O que me agradava era justamente essa agitação vulgar da vida cotidiana. Mas, dessa vez, todo esse tumulto me enervou ainda mais. Não conseguia mais me dominar. Alguma coisa despertava na minha alma, despertava dolorosamente e não consentia em se apaziguar. Voltei para casa completamente desorientado. Dir-se-ia que tinha um crime na consciência.

Estava atormentado pelo pensamento de que Lisa ia chegar. Coisa estranha, entre todas as minhas lembranças da véspera, a de Lisa permanecia à parte e me atormentava singularmente. À tarde eu tinha já deixado de pensar em tudo o mais, e, aliás, continuava a estar muito satisfeito com a minha carta a Simonov; mas, pensando em Lisa, não me sentia mais contente, e parecia-me que a causa única do meu tormento era precisamente Lisa.

"Que fazer, se ela vier?", pensava sem descanso. "Pois bem, tanto melhor! Que venha logo. Hum!... E o que é sobretudo desagradável é que ela verá como eu vivo. Ontem desempenhei diante dela o papel de um herói, e agora... Fiz mal em me deixar levar assim: esta casa é miserável. E como pude eu ir jantar com esta roupa! E esse divã de encerado, todo rasgado, que deixa escapar as crinas todas! E meu roupão todo rasgado!... Ela verá tudo isso, verá Apolo. Esse animal vai ofendê-la na certa; arranjará um pretexto qualquer, só para me aborrecer. Quanto a mim, de acordo com o meu hábito, terei medo, saltitarei diante dela, apertarei meu roupão em torno do corpo, sorrirei, mentirei. Que horror! Mas ainda não é tudo; há outra coisa mais ignóbil, mais covarde ainda! Sim! Será necessário colocar essa máscara mentirosa!..."

Corei violentamente.

Mentirosa? Era falsa? Eu falava muito sinceramente ontem. Lembro-me. Estava preso de uma emoção verdadeira. Queria despertar nela bons sentimentos. Foi bom que tivesse chorado; isso agiu excelentemente.

Mas eu não conseguia, entretanto, me acalmar. Durante toda a tarde, e mesmo bem depois das nove horas, quando Lisa não podia mais vir, não parei de pensar nela, de vê-la em imaginação, tal como me aparecera na véspera, em certo momento que me havia vivamente emocionado: foi quando acendi um fósforo e iluminei assim seu rosto pálido, contraído, seu olhar doloroso. Como era lamentável seu sorriso nesse instante, falso e tenso! Mas nessa altura ignorava ainda que quinze anos mais tarde eu me lembraria sempre de Lisa sob esse aspecto, com esse mesmo sorriso lamentável e forçado.

No dia seguinte, estava já pronto a considerar tudo o que se tinha passado como um absurdo desmesuradamente exagerado por meus nervos doentes. Eu tinha perfeita consciência dessa tendência do meu caráter e a temia muito: "Exagero sempre", repetia-me constantemente. "É minha doença." E entretanto... Entretanto eu me dizia que Lisa viria. Tal era o refrão de todas as minhas reflexões. Isso me preocupava de tal maneira que tinha por vezes acessos de furor. "Ela virá! Ela virá certamente!", gritava eu, medindo o quarto. "Se não for hoje, será amanhã! Ela me descobrirá! Oh! Maldito romantismo dos corações puros! Oh! Vileza! Oh! Burrice! Oh! Mediocridade dessas vulgares almas sentimentais! Como não compreende!... Não, mas como não compreender..." Mas neste ponto detive-me muito perturbado.

"E como bastaram poucas palavras", pensei, "e um idílio, um idílio, aliás falso, inventado, para transtornar completamente toda uma existência! O que é um terreno virgem!"

Às vezes ocorria-me ir eu próprio procurá-la, contar-lhe "tudo", e pedir-lhe que não viesse. Mas então, a esse pensamento, ficava tomado de tal furor que me julgava capaz de esmagar "aquela maldita Lisa", se ela se encontrasse ao meu alcance; eu a teria insultado, teria enxotado, eu a teria perseguido e espancado.

Um dia se passou, entretanto, depois dois, depois três, e Lisa não vinha. Eu tomava coragem geralmente depois das nove horas e então punha-me até a sonhar muito agradavelmente. "Salvo Lisa, por exemplo, nada mais que conversando com ela, quando vier me ver...

Eu a elucido e a desenvolvo. Reparo, por fim, que ela me ama, que me ama apaixonadamente. Porém, faço que não percebo (por que faço isso, não sei; por gosto dos belos sentimentos, provavelmente). Enfim, toda confusa, trêmula e chorosa, ela sc atira a meus pés e me diz que eu sou seu salvador, e que ela me ama mais que tudo no mundo. Estou estupefato. "Lisa", digo-lhe, "imaginas verdadeiramente que não notei teu amor? Vi tudo, compreendi tudo; mas não ousava me apoderar do teu coração, porque eu tinha influência sobre ti e porque temia que fizesses um esforço para corresponder ao meu amor, e que a gratidão te obrigasse a excitar em ti um sentimento que talvez não existisse. Eu não queria isso porque teria sido tirania da minha parte, teria sido indelicado (em uma palavra, eu me embrulhava aqui nas finuras de sentimentos extraordinariamente nobres, verdadeiramente 'europeus', à George Sand); mas agora, tu és minha, és minha obra, és pura, és bela, és minha esposa!"

"E em minha casa, livre e altivamente, entra como dona."[17]

Em seguida, nós vivemos felizes, vamos ao estrangeiro etc... Em uma palavra, eu voltava a mim tão envergonhado que acabava por me mostrar a língua ao espelho.

De resto, pensei, não a deixarão sair. Geralmente não lhes permitem sair, sobretudo à tarde (não sei por que me parecia que ela devia vir à tarde e precisamente às seis horas). Mas ela me disse que não estava ainda completamente comprometida e que desfrutava de direitos especiais. Então... Hum!... Diabo, ela virá! Estou certo de que virá!

Por felicidade, eu tinha, para me distrair todo aquele tempo, Apolo e suas insolências, que me punham fora de mim. Apolo era uma praga, uma peste enviada pela Providência. Nós nos atirávamos mutuamente dardos acerados há diversos anos já, e eu o detestava. Meu Deus, como o detestava! Sobretudo em certos momentos! Era um homem já de idade, de aspecto importante e que nas horas vagas era alfaiate remendão. Desprezava-me, não se sabe por quê, para além de todos os limites, e me olhava sempre de cima. Aliás, ele

---

[17] Verso de Nekrássov. (N. T.)

olhava todo mundo assim. Bastar-vos-ia ver essa cabeça de cabelos escorridos, de um loiro desbotado, esse topete que ele mandava frisar e besuntava cuidadosamente, essa boca severa em forma de Y, para compreenderdes logo que tínheis diante de vós um ser que nunca duvidava de si mesmo. Era um pedante extremado, o pedante mais perfeito que jamais se encontrou sobre a terra, e dotado de um amor-próprio digno de Alexandre da Macedônia. Estava enamorado de cada um de seus botões, de cada uma de suas unhas; sim, enamorado: seu aspecto o dizia. Tratava-me como um déspota, falava-me muito pouco, e, se lhe acontecia lançar-me um olhar, este era sempre solene, suficiente e um tanto trocista, o que tinha o dom de me dar raiva. Desempenhava suas funções com ar de suprema condescendência. De resto, não fazia quase nada para mim e não se considerava de modo nenhum obrigado a fazer alguma coisa. Nenhuma dúvida era possível: julgava-me ele o último dos imbecis, e, se continuava comigo, é que eu lhe pagava os ordenados. Consentia em não fazer nada por sete rublos por mês. Por causa dele, muito me será perdoado. Meu ódio atingia às vezes uma tal intensidade que só o ruído de seus passos era bastante para me dar convulsões. Mas era principalmente seu ceceio[18] que me aborrecia. Tinha a língua um pouco grande demais, ou qualquer outro defeito desse gênero, e isso o obrigava a cecear, para sua grande alegria, pois pensava que esse vício de pronúncia acrescentava alguma coisa à sua personalidade. Falava geralmente em voz doce, igual, as mãos atrás das costas e os olhos baixos. Mas me irritava sobretudo quando se punha a ler muito alto os salmos, no seu quarto, atrás do tabique que nos separava. Suportei longos combates por causa dessas leituras. Mas ele muito amava ler à tarde, com voz suave e igual, cantante, como se estivesse à cabeceira de um morto. É assim, com efeito, que acaba sua carreira: fazem-no ler os salmos à cabeceira dos mortos; também destrói os ratos e engraxa sapatos. Mas eu não podia expulsá-lo; dir-se-ia que ele estava ligado

---

[18] O autor se refere mais exatamente ao defeito que consiste em pronunciar os jj e os gg, como zz. Assim hoze, por hoje, mazia por magia. (N.T.)

à minha existência. Ele próprio, de resto, não teria consentido em me deixar. Era-me impossível viver num hotel mobiliado: minha morada era a minha concha, meu estojo, onde me refugiava e me escondia da Humanidade inteira. E Apolo, o diabo sabe por quê, me parecia parte integrante dessa morada. E eis por quê, durante sete anos, eu não pude pô-lo para fora.

Era perfeitamente impossível, por exemplo, atrasar seus salários, nem que fosse por dois ou três dias. Ele teria logo armado um tal escândalo que eu não teria sabido onde me esconder.

Mas eu estava naqueles dias a tal ponto irritado contra o universo inteiro que resolvi bruscamente punir Apolo e demorar durante dois meses o pagamento de seu ordenado. Havia muito tempo — dois anos — que eu preparava esse golpe, unicamente para lhe demonstrar que ele não tinha o direito de se fazer de importante comigo e que sempre me era possível não lhe pagar. Decidi desta vez nada lhe dizer, pelo contrário, calar-me, a fim de lhe vencer o orgulho e obrigá-lo a ser o primeiro a falar-me desse dinheiro. Tirarei então os sete rublos da gaveta, mostrarei que eles estão em minha casa, postos de lado, mas que não quero, sim, que não lhos quero dar, porque tal é meu prazer, porque "tal é minha vontade senhorial". porque ele é insolente, porque ele é grosseiro; mas que, se ele consente em me tratar polidamente, é possível que eu me deixe enternecer e lhe pague, mas que, em caso contrário, ele precisaria esperar duas ou três semanas, um mês inteiro...

Mas, por zangado que eu estivesse, foi ele que triunfou. Não pude resistir mais de quatro dias. Começou por fazer o que fazia sempre nesses casos, pois não era a primeira vez que a coisa acontecia (eu sabia tudo de antemão, previa antecipadamente sua tática ignóbil): para começar, ele me dirigia um olhar severo, durante alguns minutos, de preferência quando eu saía ou entrava. Se eu resistia, se fazia cara de não notar suas manigâncias, então, sempre continuando a guardar silêncio, ele empreendia a segunda série das operações. De repente, sem nenhum motivo, ele entra no quarto a passos lentos, quando me preparo para ler ou passeio de um lado para outro, e ei-lo que se mantém em pé junto à porta, uma perna para a frente, uma das mãos atrás das costas, e se põe a me contemplar, com um olhar não somente severo, mas profundamente desdenhoso. Se lhe pergunto o que ele quer, não responde, continua a olhar para mim alguns segundos ainda, depois, apertando os lábios, com ar significativo, volta-se lentamente e lentamente volta para o seu quarto. Duas horas depois, sai novamente e aparece outra vez. Louco de raiva, não lhe pergunto mais o que quer. Eu próprio, então, levanto a cabeça com um movimento arrogante, autoritário, e ponho-me a olhá-lo bem de frente. Assim demoramos, às vezes, um em face do outro, um ou dois minutos. Finalmente, ele se volta lenta, solenemente, e desaparece de novo por duas horas.

Se isso não agisse sobre mim e se eu continuasse a me insurgir, então ele se punha a suspirar, olhando-me, a suspirar lenta, profundamente, parecendo medir assim toda a profundeza de minha degradação moral, e, naturalmente, tudo terminava pela sua vitória. Eu enraivecia, gritava, mas era assim mesmo obrigado a fazer o que se esperava de mim.

Mas, desta vez, mal desencadeadas as primeiras manobras, consistindo em olhares severos, enfureci-me e me precipitei sobre ele. Meus nervos estavam irritados demais!...

— Para! — exclamei fora de mim, quando ele se voltou, lenta, silenciosamente, uma das mãos atrás das costas, e se dirigiu para seu quarto. — Para! Volta, estou dizendo! — E meu grito foi tão desesperado, provavelmente, que ele girou nos calcanhares e me olhou mesmo com certo espanto. Continuava de resto a guardar silêncio, e era precisamente isso que me enraivecia.

— Como ousas entrar em meus aposentos, sem autorização, e me olhar assim? Responde!

Tendo tranquilamente me contemplado durante uns trinta segundos, fez de novo menção de se ir.

— Para! — berrei, correndo para ele. — Nem um movimento! Vamos! Responde agora: o que tens que me olhar?

— Se tendes uma ordem qualquer a dar-me, devo executá-la — respondeu ceceando, depois de um momento de silêncio, com voz suave e pausada, inclinando a cabeça com uma calma horripilante.

— Não é disso, não é disso que te falo, carrasco! — gritei, tremendo de raiva. — Eu to direi, eu mesmo, carrasco!, por que vens tu aqui: vês que não te pago o ordenado, mas não queres me pedir por orgulho; e é para me punir que vens me olhar estupidamente, para me punir, para me atormentar; mas não suspeitas mesmo, carrasco, como isso é besta, besta, besta!

Ele se achou de novo na obrigação de deixar o quarto, sempre silencioso, mas segurei-o pela roupa.

— Escuta! — gritei-lhe. — Olha o dinheiro! Vê-lo? (Tirei-o da gaveta.) Sete rublos; estão aí, bem contados. Mas tu não os terás, não os terás enquanto não vieres respeitosamente me pedir perdão. Compreendeste?

— Isto não é possível — respondeu com um aprumo extraordinário.

— Será assim — exclamei. — Dou-te minha palavra de honra!

— Não tenho que lhe pedir perdão — continuou ele, como se não notasse de modo nenhum meus gritos —, pois foi o senhor que me chamou de "carrasco", eu poderia até me queixar ao comissário de polícia.

— Vai! Vai! — berrei. — Vai agora mesmo, sem demora! Isso não impede que sejas um carrasco! Um carrasco! Um carrasco!

Mas ele se contentou em me olhar; depois se voltou e, sem prestar mais atenção aos meus gritos, sem voltar a cabeça, saiu no seu passo igual.

"Sem Lisa, não teria havido nada!", disse para mim mesmo. Depois de um minuto de espera, de maneira solene, mas com o coração batendo pesadamente, dirigi-me para o cantinho, atrás do biombo, que Apolo ocupava.

— Apolo! — pronunciei com voz suave, mas opressa. — Vai imediatamente procurar o comissário de polícia, sem perder um instante.

Ele já se tinha instalado à sua mesa, posto os óculos, e se preparava para costurar alguma coisa; mas, ouvindo a ordem que lhe dava, rebentou de rir.

— Vai! Vai logo! Não imaginas mesmo o que pode acontecer!

— Verdadeiramente, o senhor perdeu o juízo — disse ele, sem ao menos levantar a cabeça, sempre ceceando, e continuando a enfiar sua agulha. — Já se viu alguma vez alguém ir denunciar a si mesmo à polícia? E se for para me pôr medo, é em vão, porque não obterá nada.

— Vai! — gritei com voz aguda, agarrando-lhe o ombro. Mais um instante e eu o espancaria.

Mas, nesse momento, a porta da saleta se abriu lentamente, sem ruído, e alguém entrou, parou na soleira e nos olhou aos dois, muito perplexo. Levantei os olhos, fiquei estupefato e fugi para o meu quarto, perdido de vergonha. Lá arranquei os cabelos a mancheias, apoiei a cabeça à parede e permaneci assim, à espera.

Dois minutos depois ouvi os passos lentos de Apolo.

— Está aí uma pessoa à sua procura — falou, olhando-me de maneira particularmente severa, depois se afastou e deixou entrar Lisa. Ele não queria retirar-se e nos examinava aos dois com um ar trocista.

— Vai-te! Vai-te! — gritei-lhe, perdendo a cabeça. Nesse instante o meu relógio fez um esforço, tossiu e bateu as cinco horas.

IV

"E em minha casa, livre e
altivamente, entra como dona."

Permaneci diante dela, perdido, esmagado, horrivelmente confuso, e, enquanto sorria, creio, tentava puxar para mim os panos rasgados do meu sujo roupão debruado, exatamente como imaginei antes. Depois de dois minutos de espera, Apolo nos tinha deixado a sós, mas não me sentia melhor. O pior é que, vendo-me nesse estado, ela também perdeu de repente a segurança, para meu grande espanto.

— Assenta-te! — disse-lhe maquinalmente, e cheguei-lhe uma cadeira para perto da mesa; quanto a mim, fiquei no divã. Ela sentou-se logo, obediente, olhando-me bem nos olhos e esperando evidentemente alguma coisa de extraordinário da minha parte. Essa ingênua espera me tornou furioso, mas eu me dominava ainda.

Convinha, precisamente, fechar os olhos, como se nada de extraordinário se passasse, enquanto ela... Pressenti obscuramente que ela me pagaria caro *tudo isso*.

— Tu me encontras justamente numa estranha situação, Lisa — comecei, gaguejando, e compreendendo que precisamente não era assim que se devia começar. — Não! Não! Não imagines coisas — exclamei, vendo-a corar bruscamente. — Não tenho vergonha da minha pobreza... Ao contrário, estou orgulhoso dela. Sou pobre, mas sou honesto...

"É possível ser pobre e honesto," continuei a engrolar. "De resto... Queres chá?"

— Não... — começou ela.

— Espera!

Saltei do divã e corri em busca de Apolo. Precisava ver-me livre dele.

— Apolo! — murmurei febrilmente, lançando diante dele, sobre a mesa, os sete rublos que eu tinha todo o tempo apertados na mão. — Eis aqui teu ordenado. Estás vendo: eu te pago. Mas tu deves me salvar: traze-me imediatamente do armazém vizinho chá e dez biscoitos. Se não fores, tornarás um homem desgraçado. Não sabes o que é esta mulher!... É... Vais imaginar não sei o quê! Mas não podes fazer uma ideia do que é esta mulher!...

Apolo, que tinha já retomado seu trabalho e posto os óculos, atirou em silêncio, e sem mesmo largar a agulha, um olhar de esguelha para o dinheiro; depois, sem me responder, continuou seu trabalho. Esperei de pé, perto de três minutos, os braços cruzados à Napoleão. O suor molhava-me as têmporas. Eu me sentia muito pálido. Mas, graças a Deus, minha aparência lhe causou piedade, provavelmente. Pousou a agulha, levantou-se lentamente, empurrou lentamente a cadeira, tirou os óculos com lentidão, contou o dinheiro, e por fim saiu a passos lentos do quarto. Enquanto eu voltava para junto de Lisa, veio-me a ideia de fugir, tal como estava, de roupão, e ir para a frente, direito, sem pensar em nada.

Sentei-me de novo. Ela me olhava com inquietação. Calamo-nos durante alguns minutos.

— Eu o matarei! — exclamei de súbito, golpeando tão violentamente a mesa com o punho que a tinta saltou do tinteiro.

— Meu Deus! Que dizes! — exclamou ela, sobressaltando-se.

— Eu o matarei! Eu o matarei! — urrei, batendo com a mão aberta na mesa. Estava como que em delírio, mas compreendia que era estúpido ficar nesse estado. — Não podes compreender, Lisa, como esse carrasco me atormenta. É o meu carrasco... Ele foi comprar biscoitos agora... ele...

E bruscamente desatei em soluços. Era uma crise. Como eu tinha vergonha!... Mas não podia me dominar.

Ela teve medo.

— Que tem? Que tem? — gritava ela, agitando-se em torno de mim.

— Água! Dá-me água... — murmurei com voz fraca, sentindo que podia muito bem dispensar a água e falar em voz mais firme. Mas, para salvar as aparências, exagerava, embora meu acesso fosse muito real. Ela me deu de beber, desorientada. Neste instante, Apolo trouxe o chá. Pareceu-me, de repente, que esse chá, banal, prosaico, produzia um efeito muito miserável, quase inconveniente, depois de tudo que acabava de se passar. Corei. Apolo saiu sem nos olhar.

— Lisa, tu me desprezas? — perguntei-lhe, olhando-a direito nos olhos, tremendo de impaciência para conhecer seu pensamento.

Ela corou e não pôde responder.

— Bebe o chá! — disse-lhe com cólera.

Estava furioso contra mim mesmo, mas era evidente que ela é que devia sofrer. Senti de súbito um ódio atroz contra ela: eu a teria matado nesse instante. Resolvi então, comigo mesmo, não lhe dizer mais uma única palavra, para me vingar. "Ela é que foi a causa de tudo..."

Nosso silêncio durava já cinco minutos. O chá estava sobre a mesa, mas não tocávamos nele. Eu tinha chegado àquele ponto em que, para tornar a situação ainda mais difícil, me recusava a começar primeiro; e ela estava muito constrangida por beber sozinha. De vez em quando, lançava-me olhares inquietos e tristes. Mas o mais desgraçado dos dois era certamente eu, porque compreendia muito bem a vileza de minha tola raiva e não podia, entretanto, me dominar.

— Eu quero... ir embora... para sempre... de lá... — começou ela, para pôr fim ao nosso silêncio.

A pobrezinha! Era precisamente assim que não devia começar nesse minuto estúpido, dirigindo-se a um homem tão estúpido como eu. Senti uma piedade dolorosa por sua franqueza inútil, por sua tímida incapacidade. Mas logo alguma coisa surgiu em mim que sufocou essa piedade e, ao contrário, me excitou ainda mais; o mundo inteiro podia perecer — isso me era indiferente. Cinco minutos ainda se escoaram.

— Eu o atrapalho, talvez? — perguntou ela timidamente, com voz quase imperceptível, e fez menção de se levantar.

Mas, logo que observei esse primeiro movimento de dignidade ofendida, estremeci de raiva e soltei imediatamente tudo o que tinha dentro de mim.

— Por que vieste me ver? Dize-me, eu te suplico! — comecei com voz opressa e sem manter em minhas palavras nenhuma ordem lógica. Eu tinha necessidade de dizer tudo de uma vez, num só jato. Não me preocupava mesmo com o início.

— Por que vieste? Responde-me! Responde! — exclamei, fora de mim. — Pois bem! Eu vou te dizer, minha cara, por que vieste. Tu vieste porque te disse naquele dia *palavras tocantes*. Eis-te toda enternecida e queres ouvir outras ainda. Sabe então que caçoei de ti naquele dia. E caçoo ainda hoje. Por que tremes? Sim! Zombei de ti. Tinham-me insultado durante o jantar, aqueles mesmos que chegaram à casa da senhora antes de mim. Tinha vindo para me vingar de um deles, um oficial; mas não consegui: já tinham saído. Era preciso entretanto descarregar minha irritação em alguém; apareceste nesse momento e eu me vinguei em ti, ri-me de ti. Tinham me humilhado, e então eu quis humilhar também; trataram-me como um farrapo, eu quis então experimentar meu poder... Eis o que se passou. Enquanto tu imaginaste que eu tinha aparecido expressamente para te salvar. Sim? Foi isso? Tu o imaginaste.

Eu sabia que ela ficaria desnorteada e não poderia compreender todos os pormenores, mas sabia ao mesmo tempo que compreenderia o essencial. Foi o que aconteceu: ela se tornou de uma palidez de cera e tentou falar; seus lábios se torceram dolorosamente. Depois se deixou cair na cadeira, sucumbida. Continuou a me escutar, com a boca aberta, os olhos fixos, tremendo de medo. O cinismo, o atroz cinismo de minhas palavras, esmagou-a completamente.

— Salvar-te! — gritei eu, levantando-me e pondo-me a andar de um lado para o outro no quarto. — Salvar-te de quê? Mas pode ser que eu seja pior que tu! Por que, quando eu te pregava moral, não me lançaste à cara: "E tu, que vens fazer em nossa casa? Vens nos dar um curso de moral?" O que me era preciso então era exercer meu poder sobre alguém; precisava me divertir também: eu tinha necessidade de tuas lágrimas, de tua humilhação, da tua crise de nervos. Disso sim, é que eu precisava. Mas não tive forças para resistir, porque não sou senão um trapo: tive medo e te dei meu endereço, o diabo sabe por quê! Não tinha ainda chegado a casa, e já estava farto de te injuriar e de te maldizer por causa desse endereço. Eu te odiava já, porque te havia mentido. Porque em palavras gosto de brincar, gosto de sonhar também, mas sabes o que quero na realidade? Que vão todos para o diabo! Só tenho necessidade disso. Preciso de tranquilidade. Sou capaz de vender o universo inteiro por um copeque, contanto que me deixem tranquilo. Acabe-se o mundo ou deixe eu de beber chá? Responderei: que se acabe o mundo, contanto que eu continue a beber o meu chá! Sabias disso, sim ou não? Pois bem, eu, eu sei que sou um cão, um miserável, um preguiçoso, um egoísta. Há três dias eu temia que não viesses. Mas sabes o que me preocupava muito particularmente nestes últimos dias? Era que tinha sido aos teus olhos um herói, e tu me verias de repente sujo e miserável, no meu velho roupão todo rasgado. Disse-te há pouco que não tinha vergonha da minha pobreza; pois bem, fica sabendo que a tenho, pelo contrário, mais do que de qualquer outra coisa, mais que de roubar, e que tenho medo dela, pois sou tão vaidoso que me sinto como um homem a quem tivessem arrancado a pele e a quem o simples contato do ar fizesse sofrer. Mas não compreendeste enfim que jamais te perdoarei o teres me visto, com este roupão, atirar-me como um cachorro malvado sobre Apolo. O salvador, o herói, se precipita, tal um cão sarnento sobre o lacaio que zomba dele! E não te perdoarei também as lágrimas que não pude me impedir de derramar, como uma velha tonta. Como não te perdoarei estas confissões de agora. Sim, tu, só tu, terás que responder por tudo isto, porque te encontrei à mão, porque sou um miserável, porque sou o mais vil, o mais ridículo, o mais mesquinho, o mais estúpido, o mais invejoso dos vermes que existem sobre a terra! Eles não valem mais do que eu, mas o diabo sabe por quê, nunca perdem a firmeza; enquanto eu receberei toda a minha vida piparotes do mais insignificante dos insetos. Mas que me importa que não compreendas tudo o que te digo! E, generalizando, que tenho eu a ver contigo e que me importa que te percas ou não? Compreendes agora a que ponto te odiarei depois de tudo isto que te disse, depois de tudo o que terás visto e ouvido aqui? Não é duas vezes na vida que um homem de nervos doentes se pode permitir falar tão francamente... Que queres de mim ainda? Depois de tudo, que tens que permanecer aí, diante de mim? Por que não te vais?

Mas aconteceu então uma coisa extraordinária.

Eu estava a tal ponto habituado a pensar e a sonhar de acordo com os livros, e a me representar as coisas tal como as tinha criado de antemão nos meus sonhos, que, no primeiro instante, não consegui sequer aperceber-me do que se passava. Ora, eis o que aconteceu: Lisa, que eu tinha ofendido e esmagado, compreendeu muito mais do que eu esperava. De tudo que eu tinha dito, ela compreendeu o que a mulher compreende, quando ama sinceramente: ela viu que eu era infeliz.

O temor, a dignidade ultrajada, foram depressa substituídos no seu rosto por uma estupefação dolorosa. E, quando eu me pus a me insultar e a me chamar "cão!" e "miserável!", quando me pus a chorar (toda essa tirada tinha sido acompanhada de lágrimas), seu rosto de súbito se convulsionou. Ela tentou por diversas vezes levantar-se, deter-me; mas, quando terminei, prestou atenção, não às palavras insultantes que eu tinha pronunciado ("Por que estás aqui? Por que não te vais?"), mas ao esforço terrível que eu me impunha para dizer-lhe tudo isso. Demais, a pobrezinha parecia completamente imbecilizada: ela se considerava infinitamente inferior a mim. Como teria podido se zangar, se ofender? Mas ela pulou da cadeira e, toda trêmula, me estendeu os braços, não ousando ainda se aproximar de mim.

Então senti meu coração fundir-se no meu peito; ela se precipitou finalmente para mim, apertou-me estreitamente o pescoço entre os dois braços e se pôs a chorar em silêncio. Não resisti mais, e solucei como nunca.

— Não me dão... Não posso... ser bom — pronunciei com esforço. Depois arrastei-me até o divã e caí nele, de rosto para baixo, e chorei ainda todo um quarto de hora, presa de uma terrível crise de nervos. Ela se aproximou de mim, rodeou-me com os braços e permaneceu assim, imóvel.

Mas minha crise de nervos tinha contudo que ter um fim, e essa era a dificuldade. E eis que estando deitado no divã, a cabeça enterrada nas almofadas de couro (escrevo a ignóbil verdade), ponho-me logo a pensar, de maneira vaga e involuntariamente, que ia ser muito embaraçoso levantar a cabeça e olhar Lisa face a face. De que podia ter vergonha? Eu não sabia, mas tinha vergonha assim mesmo. Acudiu-me também ao espírito que os papéis se tinham completamente invertido, e que era ela a heroína agora, ao passo que eu estava humilhado e esmagado, precisamente como ela o estivera a meus olhos quatro dias antes. E esse pensamento me acudiu enquanto eu estava deitado no divã, a cabeça nas almofadas de couro.

"Meu Deus! Será que sinto despeito, verdadeiramente?..."

Não sei; não pude até agora resolver este problema, e, naquele momento, eu era ainda menos capaz, naturalmente. Não posso viver sem exercer meu poder sobre alguém... sem tiranizar alguém... Mas... os raciocínios nada explicam; é melhor então não raciocinar.

Consegui afinal me dominar e levantei a cabeça. Era preciso acabar com aquilo. E então — estou certo —, precisamente porque eu tinha vergonha de levantar os olhos para ela, um sentimento diferente se acendeu em mim e avassalou minha alma; um sentimento de domínio e posse. A paixão iluminou meus olhos e apertei violentamente suas mãos nas minhas. Como eu a detestava nesse instante, e como ela me atraía! Um sentimento reforçava o outro. Isto se assemelhava a uma vingança. Seu rosto refletiu primeiro uma certa perplexidade, temor quase; mas isso durou apenas um instante: ela me apertou nos braços com uma alegria ardente.

V

Um quarto de hora mais tarde, tremendo de impaciência, eu percorria de um lado para outro o quarto, parando a todo momento diante do biombo, onde uma fenda me deixava ver Lisa sentada no chão, a cabeça apoiada no leito. Ela chorava provavelmente, mas não ia embora, e isso me irritava. Desta vez ela sabia tudo. Eu a tinha ofendido irremediavelmente; mas... não vale a pena contar. Ela havia adivinhado que meu impulso de paixão não era senão uma vingança, uma nova humilhação, e que ao meu ódio de há pouco, vago e sem objeto, viera acrescentar-se um ódio invejoso, dirigido precisamente contra ela... De resto, não estou seguro de que ela tenha compreendido tudo isso claramente; mas inteirou-se, em todo caso, que eu era um homem vil e, sobretudo, que não podia amá-la.

Eu sei: dir-me-ão que é incrível, que é impossível ser tão malvado, tão bruto como eu. Acrescentarão ainda, talvez, que é inacreditável que não a tenha amado um pouco, ou, pelo menos, que eu não tenha sido tocado por seu amor. Por que é incrível? Para começar, era-me impossível amar, porque, repito, amar, para mim, significava tiranizar e dominar moralmente. Nem mesmo pude jamais me representar o amor sob outra forma, e cheguei a tal ponto que hoje penso às vezes que o amor consiste, para o objeto amado, em conceder, de plena vontade, o direito de o tiranizarem. Em meus sonhos subterrâneos, jamais pude imaginar o amor a não ser sob a forma de luta: começava pelo ódio, para acabar pela sujeição moral, mas não conseguia me representar o que faria em seguida desse ser escravizado. Que há de incrível nisso, pois que eu estava de tal modo pervertido moralmente e tão desacostumado da "vida real" que me tinha posto a envergonhá-la, e a censurá-la por ter vindo à minha casa ouvir "palavras enternecedoras"! Não tinha podido adivinhar que ela viera não por isso, mas por amar-me, pois toda a ressurreição, toda a libertação consiste para a mulher no amor e não pode se manifestar senão pelo amor. De resto, será que a detestava tão fortemente enquanto media o quarto e lhe lançava olhares de esguelha através da fenda do biombo? De modo algum. Mas sua presença me era atrozmente penosa. Gostaria que ela desaparecesse. Tinha sede de "tranquilidade"; desejava ficar sozinho, no meu subsolo. A "vida real", à qual não estava habituado, me oprimia tanto que me sufocava.

Os minutos decorriam, e ela não se levantava, como que perdida num sonho. Tive a impudência de bater ligeiramente, para chamá-la... Ela se sobressaltou, levantou-se de um pulo e pôs-se apressadamente a juntar seus pertences; o xale, o chapéu, a peliça, como se fugisse e se salvasse. Dois minutos mais tarde, ela saiu lentamente de trás do biombo, e descansou em mim um olhar pesado: tive um riso escarninho, forçado aliás, *por coerência*, e me voltei.

— Adeus! — disse ela, dirigindo-se para a porta.

Precipitei-me de súbito para ela, segurei-lhe a mão, abri-a, pus nela o que tinha preparado, e a fechei de novo; depois me voltei e corri, bem depressa, para o outro canto do quarto, a fim de não ver, ao menos...

Eu queria mentir e escrever que tinha feito isso por acaso, sem pensar, tendo perdido completamente a cabeça. Mas não quero mentir e digo pois abertamente que lhe abri a mão e nela depus o meu dinheiro... por pura malvadez. A ideia de agir assim me veio enquanto media febrilmente o quarto e ela estava sentada no soalho, atrás do biombo. Mas eis o que posso declarar com certeza: essa crueldade, cometida conscientemente, não vinha do coração, mas da minha má cabeça: ela era tão evidentemente falsa, inventada, apresentava um aspecto tão *livresco,* que não a pude suportar, eu mesmo, mais que um minuto: fugi para o outro canto do quarto, depois, cheio de vergonha e desespero, precipitei-me atrás de Lisa... Abri a porta e escutei.

— Lisa! Lisa! — gritei da escada, mas a meia voz, medrosamente.

Não obtive resposta, mas pareceu-me ouvir seus passos nos últimos degraus.

— Lisa! — gritei mais alto. Nada de resposta. Mas, no mesmo instante, ouço abrir-se, rangendo, a porta de entrada, envidraçada, que bateu em seguida, pesadamente. A escada ressoou de alto a baixo.

Ela havia partido. Voltei, pensativo. Tinha um peso terrivelmente opressivo no coração.

Parei junto da mesa, ao lado da cadeira que ela havia ocupado, e olhei estupidamente diante de mim. Um minuto se passou assim, depois, de súbito, estremeci... Bem à minha frente, em cima da mesa, vi... logo vi uma nota de cinco rublos toda amassada, aquela que acabava de lhe pôr na mão. Era a mesma; não podia haver uma outra ali, não havia outra em minha casa. Ela a jogara então, no preciso momento em que eu tinha saltado para trás.

Pois bem! Eu poderia esperar isso! Mas esperava? Não. Eu era a tal ponto egoísta, tinha tão pouca estima pelos homens, que nem sequer imaginava que ela fosse capaz desse gesto. Não pude suportá-lo. Precipitei-me como um louco para as minhas roupas, vesti o que encontrei à mão e despenquei quatro a quatro, escada abaixo; ela não tinha certamente caminhado duzentos passos quando me vi fora.

Temperatura agradável. A neve caía em grandes flocos quase perpendicularmente e formava um espesso tapete sobre as calçadas e no meio da rua deserta. Não se via ninguém, não se ouvia nenhum rumor. Os lampiões cintilavam inútil e tristemente. Dei algumas centenas de passos até a esquina e parei. Que direção tinha ela tomado? Por que corria atrás dela?

Para quê? Para me atirar aos seus pés, para chorar e clamar meu arrependimento, para beijar seus joelhos e implorar seu perdão. Eis o que queria fazer. Sentia meu peito se dilacerar; jamais poderei me lembrar friamente desses instantes.

"Mas com que fim?" pensei. "Eu não a odiarei depois, amanhã, precisamente porque lhe beijei os pés hoje? Poderia dar-lhe felicidade? Não verifiquei uma vez mais, pela centésima vez, quão pouco valia? Poderia impedir-me de a atormentar?"

Estava de pé na neve, procurando penetrar com o olhar o véu opaco, e refletia profundamente.

"Não é melhor", dizia-me ao voltar para casa tentando esquecer minha dor em divagações, "não é melhor que ela leve essa ofensa com ela? Uma ofensa! Isso purifica; é o sentimento mais amargo, mais doloroso. Eu teria certamente emporcalhado amanhã sua alma e sobrecarregado seu coração com um peso insuportável. Enquanto ela jamais esquecerá sua ofensa, que permanecerá sempre viva. Por horrível que seja a lama que a espera, a ofensa a elevará e purificará pelo ódio... Hum!... E talvez também... pelo perdão... Mas tudo isso lhe tornará a vida mais fácil?"

Com efeito, faço-me hoje esta pergunta bem ociosa. O que é preferível: uma felicidade vulgar, ou sofrimentos elevados? Dizei-me o que vale mais!

Assim eu pensava naquela tarde, meio morto de sofrimento. Jamais tinha, até então, conhecido tais dores, tais remorsos. Mas, quando corri atrás de Lisa, poderiam duvidar, por um instante que fosse, que eu pararia no meio do caminho?

Nunca mais encontrei Lisa e nunca mais ouvi falar nela. Acrescentarei ainda que por muito tempo fiquei satisfeito com a minha frase sobre a utilidade da ofensa e do ódio; e, entretanto, quase caí doente de tristeza e de angústia.

Hoje ainda, depois de tantos anos, essas lembranças continuam penosas. Muitas coisas são penosas de lembrar, mas... Não é melhor terminar este diário? Creio que fiz mal em tê-lo começado... Em todo caso, não deixei de sentir vergonha, escrevendo esta história: não é mais literatura, é um castigo, uma pena correcional.

Contar por miúdo como falhou minha vida, desacostumando-me de viver, encolerizando-me sem cessar no meu subsolo — não, verdadeiramente, não é interessante. Para fazer um romance é preciso um herói, mas eu, como se o fizesse de propósito, reuni todos os traços do anti-herói. E, depois, tudo isso produzirá uma impressão detestável, porque nós todos estamos desacostumados de viver, porque nós todos claudicamos mais ou menos. Estamos mesmo desacostumados a tal ponto que sentimos pela vida real, pela "vida viva", quase desgosto, e por isso não gostamos que nos obriguem a recordá-la. Chegamos a considerar a vida real, a "vida viva", um castigo, quase um trabalho forçado, e estamos todos de acordo que mais vale reportarmo-nos aos livros. Então por que nos agitamos? Que procuramos? Que queremos? Não o sabemos, nós mesmos, e, se nossos desejos fossem atendidos, seríamos os primeiros a sofrer com isso.

Experimentai, por exemplo, dai-nos um pouco mais de liberdade, desatai-nos as mãos, alargai nossa esfera de ação, soltai as rédeas... Pois bem, asseguro-vos, pediremos depressa para sermos recolocados sob tutela. Eu sei, zangar-vos-eis com isso; ides gritar, bater o pé: "Fale por você somente", protestareis, "e por suas misérias subterrâneas, e não ouse dizer *nós todos*!".

Permiti, senhores, não penso de modo algum em me justificar, apelando para essa *omnitude*. No que me concerne pessoalmente, nunca fiz outra coisa em minha vida senão levar até o fim o que vós outros não ousais levar senão até a metade, e chamando prudência vossa covardia, e consolando-vos assim com mentiras. De modo que estou possivelmente ainda mais vivo que vós.

Vede bem! Não sabemos, mesmo hoje, onde se aninha a vida, o que é, como se chama. Se nos abandonam, se nos tiram os livros, ficamos logo atrapalhados, confundimos tudo, não sabemos mais aonde ir, como nos dirigirmos, o que se deve amar, o que se deve odiar, o que se deve respeitar, o que se deve desprezar. É-nos mesmo penoso sermos homens, homens possuindo um corpo bem seu, e sangue; temos vergonha, consideramos isso como um opróbrio e desejamos ardentemente tornarmo-nos espécies de seres abstratos, universais. Somos seres natimortos, e já há muito tempo aliás não nascemos mais de pais vivos, o que sobremaneira nos agrada. Logo encontraremos o meio de nascer diretamente da ideia.

Mas basta! Não quero mais fazer ouvir minha "voz subterrânea".

O diário deste amador de paradoxos não termina ainda. O autor não pôde resistir à tentação e retomou a pena. Mas, parece-nos, a nós igualmente, que se pode pôr aqui ponto final.

O GRANDE INQUISIDOR

Tradução
Natália Nunes e Oscar Mendes

—...Fique sabendo, mas não ria, que compus um poema, há um ano. Se puder dar-me ainda dez minutos, vou recitá-lo.

— Escreveu um poema?

— Não — disse Ivan, rindo —, porque jamais compus dois versos sequer em minha vida. Mas sonhei esse poema e lembro-me dele. Você será meu primeiro leitor, isto é, meu ouvinte. Por que não aproveitar sua presença? Quer?

— Sou todo ouvidos.

— Meu poema intitula-se *O grande inquisidor,* é absurdo, mas quero que o conheça.

O grande inquisidor

— É necessário um preâmbulo do ponto de vista literário. A ação se passa no século XVI. Sabe que nessa época era costume fazer intervirem nos poemas as potências celestiais. Não falo de Dante. Na França, os clérigos julgadores e os monges faziam representações em que se punham em cena Nossa Senhora, os anjos, os santos, o Cristo e Deus Pai. Eram espetáculos ingênuos. Em *Notre-Dame de Paris,* de Victor Hugo, em honra ao nascimento do Delfim,[19] no reinado de Luís XI, em Paris, o povo é convidado a uma representação edificante e gratuita, *Le bon jugement de la très sainte et gracieuse Vierge Marie.*[20] Nesse mistério, aparece a Virgem em pessoa para pronunciar o seu *bon jugement*. Entre nós, em Moscou, antes de Pedro, o Grande, de tempos em tempos eram feitas representações desse gênero, tiradas sobretudo do Antigo Testamento. Além disso, circulava uma porção de recitativos e de poemas em que figuravam, de acordo com as necessidades, os santos, os anjos, o exército celeste. Nos nossos mosteiros, esses poemas eram traduzidos, copiados, compunham-se novos, e isto sob a dominação tártara. Por exemplo, existe um pequeno poema monástico, sem dúvida traduzido do grego: *La Vierge chez les damnés*,[21] com quadros de uma audácia dantesca. A Virgem visita o inferno, guiada por São Miguel Arcanjo. Vê os condenados e seus tormentos. Entre outras, há uma categoria de pecadores num lago de fogo. Alguns afundam no lago e não aparecem mais; são esses "esquecidos pelo próprio Deus", expressão de uma profundidade e uma energia notáveis. A Virgem, banhada em pranto, cai de joelhos diante do trono de Deus e pede perdão para todos os pecadores que viu no inferno, sem distinção. Seu diálogo com Deus é de um interesse extraordinário. Suplica, insiste, e, quando Deus lhe mostra os pés e as mãos de Seu filho traspassados

---

[19] Título dado ao herdeiro da Coroa da França. Nesse caso, o primogênito de Luís XI e Charlotte de Savoie, depois o rei Charles VIII de Valois (1470-1498). (N.T.)

[20] O bom julgamento da Santíssima e Graciosa Virgem Maria. (N.T.)

[21] A Virgem entre os condenados. (N.T.)

pelos cravos e lhe pergunta: "Como poderei eu perdoar seus carrascos?", Ela ordena a todos os santos, a todos os mártires, a todos os anjos que caiam de joelhos com Ela e implorem o perdão para os pecadores, sem distinção. Afinal, obtém a cessação dos tormentos, cada ano, da Sexta-Feira Santa a Pentecostes, e os condenados, do fundo do inferno, agradecem a Deus e exclamam: "Senhor, Tua sentença é justa!" Pois bem! Meu pequeno poema teria sido desse modo, se tivesse aparecido naquela época. Deus aparece; não diz nada, só faz passar. Quinze séculos decorreram desde que ele prometeu voltar ao Seu reino, depois que Seu profeta escreveu: "Voltarei em breve. Quanto ao dia e à hora, o próprio Filho não os conhece, mas somente meu Pai que está no Céu", segundo Suas próprias palavras na Terra. E a humanidade o espera com a mesma fé de outrora, uma fé mais ardente ainda, porque quinze séculos se passaram desde que o Céu deixou de dar testemunhos ao homem.

Daquilo que o coração diz
O Céu não dá testemunho.

E só resta a fé no referido coração. É verdade que numerosos milagres se verificavam então; santos realizavam curas maravilhosas, a Rainha dos Céus visitava certos justos, de acordo com a biografia deles. Mas o diabo não dorme; a humanidade começou a duvidar da autenticidade daqueles milagres. Naquele momento nascia na Alemanha uma terrível heresia que negava os milagres. "Uma grande estrela ardente como um facho caiu sobre as fontes das águas, que se tornaram amargas."[22] A fé dos fiéis só fez redobrar. As lágrimas da humanidade elevam-se para Ele como outrora, aguardam-n'O, amam-n'O, espera-se n'Ele como antes... Depois de tantos séculos, a humanidade reza com fervor: "Senhor Deus, dignai-vos aparecer-nos", depois de tantos séculos grita ela para Ele, Ele que quis, na sua misericórdia infinita, descer entre Seus fiéis. Outrora, já havia visitado justos, mártires, santos

---

22 Do Apocalipse, de São João. (N.T.)

anacoretas, como narram suas biografias. Entre nós, Tiútchev,[23] que acreditava profundamente na verdade de suas palavras, proclamou que

Sob o peso da cruz, esmagador,
O Rei dos Céus, de servo disfarçado,
Toda te percorreu, terra natal,
solo teu inteiro abençoando.

Mas Ele quis mostrar-se por um instante pelo menos ao povo sofredor e miserável, ao povo que se arrastava no pecado, mas que O ama ingenuamente. A ação se passa na Espanha, em Sevilha, na época mais terrível da Inquisição, quando todos os dias no país ardiam as fogueiras à glória de Deus e

Em esplêndidos atos de fé
Queimavam-se horríveis heréticos.

Não foi assim que Ele prometeu voltar no fim dos tempos, em toda a Sua glória celeste, subitamente, "como um relâmpago que brilha do Oriente ao Ocidente". Não, quis visitar Seus filhos, no lugar onde crepitavam precisamente as fogueiras dos heréticos. Na Sua misericórdia infinita, volta ao convívio dos homens sob a forma que tivera durante os três anos de sua vida pública. Ele desce para as ruas ardentes da cidade meridional, onde justamente na véspera, na presença do rei, dos cortesãos, dos cavaleiros, dos cardeais e das mais encantadoras damas da corte, o grande inquisidor mandara queimar uma centena de heréticos *ad majorem gloriam Dei*.[24] Apareceu docemente, sem se fazer notar, e — coisa estranha — todos O reconheciam. Seria uma das mais belas passagens de meu poema explicar a razão disso. Atraído por uma força irresistível, o povo comprime-se à Sua passagem e segue-Lhe os passos.

---

[23] Fiódor Ivânovitch Tiútchev (1803-1873), poeta contemporâneo de Púchkin, muito influenciado por Heine e Goethe. (N.T.)

[24] "Para a maior glória de Deus". Mote dos Jesuítas. (N.T.)

Silencioso, Ele passa por entre a multidão com um sorriso de compaixão infinita. Seu coração está abrasado de amor, Seus olhos desprendem a Luz, a Ciência, a Força, que irradiam e despertam o amor nos corações. Estende-lhes os braços, abençoa-os, uma virtude salutar emana de Seu contato e até mesmo de Suas vestes. Um velho, cego de infância, exclama no meio da multidão: "Senhor, cura-me e eu Te verei." Uma casca cai de seus olhos e o cego vê. O povo derrama lágrimas de alegria e beija o chão sobre as marcas de Seus passos. As crianças lançam flores à Sua passagem, canta-se, grita-se: "Hosana!" É Ele, deve ser Ele! — exclamam. — Só pode ser Ele! — Ele para no adro da catedral de Sevilha no momento em que trazem um pequeno ataúde branco no qual repousa uma menina de sete anos, a filha única de uma pessoa notável. A morta está coberta de flores.

— Ele ressuscitará sua filha — gritam na multidão para a mãe que chora. O padre, que sai a receber o ataúde, olha com ar perplexo e franze o cenho. De repente, ouve-se um grito, a mãe se lança aos Seus pés: "Se és Tu, ressuscita minha filha!", e estende os braços para Ele. O cortejo para, o caixão é depositado sobre as lajes. Ele a contempla, cheio de compaixão, e Sua boca profere docemente mais uma vez: "*Talitha kumi*",[25] e a menina se levantou. A morta se levanta, senta-se e olha em redor, sorridente, com ar admirado. Tem na mão o buquê de rosas brancas que haviam depositado no caixão. No meio da turbamulta há agitação, as pessoas gritam, choram. Naquele momento passa pela praça o cardeal, grande inquisidor. É um ancião quase nonagenário, de elevada estatura, de rosto dessecado, olhos cavados, mas onde ainda brilha uma centelha. Não traz mais a pomposa veste com a qual se pavoneava na véspera diante do povo enquanto eram queimados os inimigos da Igreja romana. Retomara sua velha batina grosseira. Seus sombrios auxiliares e a guarda do Santo Ofício seguem-no a uma distância respeitosa. Detém-se diante da multidão e observa de longe. Viu tudo, o caixão depositado diante d'Ele, a ressurreição da menininha, e

---

[25] "Jovem, levanta-te." São Lucas, C. VII, v. 14. Palavras da linguagem aramaica, pronunciadas por Jesus Cristo quando da ressurreição do filho da viúva de Naim. (N.T.)

seu rosto ensombreceu-se. Franze as espessas sobrancelhas e seus olhos brilham com um clarão sinistro. Aponta-O com o dedo e ordena aos guardas que O prendam. Tão grande é o seu poder e o povo está de tal maneira habituado a submeter-se, a obedecer-lhe tremendo, que a multidão se afasta imediatamente diante dos esbirros; em meio a um silêncio de morte, estes O pegam e levam-n'O. Como um só homem, aquele povo se inclina até o chão diante do velho inquisidor, que o abençoa sem dizer palavra e prossegue seu caminho. O Prisioneiro é conduzido ao sombrio e velho edifício do Santo Ofício, onde O encerram numa estreita cela abobadada. O dia chega ao fim, vem a noite, uma noite de Sevilha, quente e sufocante. O ar está embalsamado do perfume de loureiros e limoeiros. Nas trevas, a porta de ferro da masmorra abre-se de repente e o grande inquisidor aparece, com um facho na mão. Está só, a porta torna a fechar-se atrás dele. Para no limiar e observa longamente a Santa Face. Por fim, aproxima-se, pousa o facho sobre a mesa e diz-Lhe:

— És Tu, és Tu? — Não recebendo resposta, acrescenta rapidamente: — Não digas nada, cala-Te. Aliás, que poderias dizer? Sei demais. Não tens o direito de acrescentar uma palavra mais ao que já disseste outrora. Por que vieste estorvar-nos? Porque Tu nos estorvas, bem o sabes. Mas sabes o que acontecerá amanhã? Ignoro quem Tu és e não quero sabê-lo: Tu ou apenas Sua aparência; mas amanhã eu Te condenarei e serás queimado como o pior dos heréticos, e esse mesmo povo que hoje Te beijava os pés precipitar-se-á amanhã, a um sinal meu, para alimentar Tua fogueira. Sabes disso? Talvez — acrescenta o velho, pensativo, com os olhos sempre fixos em seu Prisioneiro.

— Não compreendo bem o que isto quer dizer, Ivan — observou Aliócha, que escutava em silêncio. — É uma fantasia, um erro do ancião, um quiproquó estranho?

— Admita esta última suposição — disse Ivan, rindo —, se o realismo moderno o tornou tão refratário ao sobrenatural. Seja como quiser. É verdade que o meu inquisidor tem noventa anos e sua ideia pode ter-lhe transtornado o espírito há muito tempo. Afinal, talvez seja um simples delírio, o devaneio de um velho antes de seu fim, com a imaginação estimulada pelo recente auto de fé. Mas quiproquó ou fantasia, o que nos importa? O que é preciso somente notar é que o inquisidor revela afinal seu pensamento, desvenda o que calou durante toda a sua carreira.

— E o Prisioneiro não diz nada? Contenta-Se em olhá-lo?

— De fato. Só pode calar-se. O próprio ancião diz que Ele não tem o direito de acrescentar uma palavra às suas antigas palavras. É talvez o traço fundamental do Catolicismo romano, na minha humilde opinião: "Tudo foi transmitido por Ti ao Papa, tudo, portanto, depende agora do Papa, não venha estorvar-nos antes do tempo, pelo menos." Esta é a doutrina deles, dos jesuítas, em todo caso. Encontrei-a nos seus teólogos. "Tens Tu o direito de nos revelar um só dos segredos do mundo donde vens?", pergunta o velho, que responde em Seu lugar: "Não, não tens o direito, porque essa revelação se ajuntaria à de outrora, e isso seria retirar dos homens a liberdade que defendias tanto na Terra. Todas as Tuas revelações novas feririam a liberdade da fé, porque pareceriam miraculosas; ora, Tu punhas acima de tudo, há quinze séculos, essa liberdade da fé. Não disseste muitas vezes: "Quero tornar-vos livres"? Pois bem, viste-os, os homens "livres" — acrescenta o velho, com ar sarcástico. — Sim, isto nos custou caro — prosseguiu ele, olhando-o com severidade —, mas levamos a cabo afinal aquela obra em Teu nome. Foram necessários quinze séculos de rude labor para instaurar a liberdade; mas está feito, e bem feito. Não o crês? Olhas-me com doçura, sem mesmo fazer-me a honra de Te indignares. Mas fica sabendo que jamais os homens se acreditaram tão livres como agora, e, no entanto, eles depositaram a liberdade humildemente a nossos pés. Isto é a nossa obra para dizer a verdade: é a liberdade que sonhavas?"

— Não compreendo de novo — interrompeu Aliócha. — Ele ironiza, zomba?

— Absolutamente! Vangloria-se de ter, ele e os seus, suprimido a liberdade, com o propósito de tornar os homens felizes. "Porque é agora, pela primeira vez (ele fala, bem entendido, da Inquisição), que se pode pensar na felicidade dos homens. São naturalmente revoltados; revoltados podem ser felizes? Tu estavas advertido — diz-Lhe ele —, conselhos não Te faltaram, mas não os levaste em conta, rejeitaste o único meio de proporcionar a felicidade aos homens; felizmente, ao partires, Tu nos transmitiste a obra, prometeste, concedeste-nos solenemente o direito de ligar e desligar; decerto, não podes pensar em retirar de nós agora esse direito. Por que então vieste estorvar-nos?"

— O que significa isso? "As advertências e os conselhos não Te faltaram?" — perguntou Aliócha.

— Mas é o ponto capital no discurso do ancião.

"O Espírito terrível e profundo, o Espírito da destruição e do nada", continua ele, "falou-Te no deserto, e as Escrituras relatam que ele Te 'tentou'. É verdade? E nada se podia dizer de mais penetrante do que o que Te foi dito nas três perguntas, ou, para falar segundo as Escrituras, as 'Tentações' que repeliste? Se jamais houve na Terra um milagre autêntico e retumbante, foi o dia daquelas três tentações. O simples fato de terem sido formuladas aquelas três perguntas constitui um milagre. Suponhamos que tenham desaparecido das Escrituras, que seja preciso reconstituí-las, imaginá-las de novo para substituí-las ali, e que se reúnam para isso todos os sábios da Terra, homens de Estado, prelados, sábios, filósofos, poetas, dizendo-lhes: imaginai, redigi três perguntas que não somente correspondam à importância do acontecimento, mas ainda exprimam em três frases toda a história da humanidade futura — acreditas que esse areópago da sabedoria humana poderia imaginar algo de tão forte e de tão profundo como as três questões que Te propôs então o poderoso Espírito? Essas três questões provam por si sós que se tem de ver com o Espírito eterno e absoluto e não com um espírito humano transitório. Porque resumem e predizem ao mesmo tempo toda a história posterior da humanidade, são as três formas em que se cristalizam todas as contradições insolúveis da natureza humana. Não se podia na ocasião perceber isso, porque o futuro estava velado, mas agora, após decorridos quinze séculos, vemos que tudo fora previsto naquelas três perguntas e realizou-se a ponto de ser impossível acrescentar-lhes ou retirar-lhes uma só palavra.

"Decide, pois, Tu mesmo, quem tinha razão: Tu, ou aquele que Te interrogava? Lembra-Te da primeira pergunta, do sentido, senão do teor: queres ir para o mundo de mãos vazias, pregando aos homens uma liberdade que a estupidez e a ignomínia naturais deles os impedem de compreender, uma liberdade que lhes causa medo, porque não há e jamais houve nada de mais intolerável, para o homem e para a sociedade! Vês aquelas pedras naquele deserto árido? Transforma-as em pão e atrás de Ti correrá a humanidade, como um rebanho dócil e reconhecido, tremendo, porém, no receio de que Tua mão Se retire e eles não tenham mais pão.

"Mas Tu não quiseste privar o homem da liberdade e recusaste, achando que ela era incompatível com a obediência comprada por meio de pães. Replicaste que o homem não vive somente de pão; mas sabes que, em nome desse pão terrestre, o Espírito da Terra se insurgirá contra Ti, lutará e Te vencerá, que todos o seguirão, gritando: 'Quem é semelhante a esse animal? Ele nos deu o fogo do Céu!' Séculos passarão e a humanidade proclamará pela boca de seus sábios e de seus intelectuais que não há crimes e, por conseguinte, não há pecado; só há famintos. 'Nutre-os e então exige deles que sejam virtuosos!' Eis o que se inscreverá sobre o estandarte da revolta que abaterá Teu templo. Em seu lugar elevar-se-á novo edifício, uma segunda torre de Babel, que ficará sem dúvida inacabada, como a primeira, mas Tu terias podido poupar aos homens essa nova tentativa e mil anos de sofrimento. Porque eles virão procurar-nos, depois de terem penado mil anos para construir sua torre! Procurar-nos-ão sob a Terra como outrora, nas catacumbas onde estaremos escondidos (perseguir-nos-ão de novo), e clamarão: 'Dai-nos de comer, porque aqueles que nos tinham prometido o fogo do Céu não o deram para nós.' Então, acabaremos a torre deles, porque para isso basta apenas o alimento, e nós os nutriremos, utilizando-nos falsamente de Teu nome, e os faremos crescer. Sem nós, estarão sempre famintos. Nenhuma ciência lhes dará pão enquanto permanecerem livres, mas acabarão por depositá-la a nossos pés, essa liberdade, dizendo: "Reduzi-nos à servidão, contanto que nos alimenteis." Compreenderão por fim que a liberdade e o pão da Terra à vontade para cada um são inconciliáveis, porque jamais saberão reparti-los entre si! Convencer-se-ão também de sua impotência para ser livres sendo fracos, depravados, nulos e revoltados. Tu lhes prometias o pão do Céu; ainda uma vez, é ele comparável ao da Terra aos olhos da fraca raça humana, eternamente ingrata e depravada? Milhares e dezenas de milhares de almas seguir-Te-ão por causa desse pão, mas o que acontecerá aos milhões e bilhões que não terão a coragem de preferir o pão do Céu ao da Terra? Será que só preferes os grandes e os fortes, aos quais os outros, a multidão inumerável, que é fraca, mas Te ama, só serviria de matéria explorável? Eles também nos são queridos, os seres fracos. Embora depravados e revoltados, irão tornar-se finalmente dóceis. Ficarão espantados e acreditarão que somos deuses por ter consentido, pondo-nos a comandá-los, em assumir a liberdade que os atemorizava e reinar sobre eles, de modo que, ao final, terão medo de ser livres. Mas lhes diremos que somos Teus discípulos e reinamos em Teu nome. Enganá-los-emos de novo, porque então não deixaremos que Te aproximes de nós. E será essa impostura que constituirá nosso sofrimento, porque será preciso que mintamos. Esse é o sentido da primeira pergunta que Te foi feita no deserto, e eis o que rejeitaste em nome da liberdade, que punhas acima de tudo. No entanto, ela ocultava o segredo do mundo. Consentindo no milagre dos pães, terias acalmado a eterna inquietação da humanidade — indivíduos e coletividade —, isto é: 'Diante de quem se inclinar?' Porque não há para o homem que fica livre preocupação mais constante e mais ardente do que procurar um ser diante do qual se inclinar. Mas ele só quer inclinar-se diante de uma força incontestada, que todos os humanos respeitem por consenso universal. Porque essas pobres criaturas atormentar-se-ão em procurar um culto que reúna não somente alguns fiéis, mas no qual todos juntos comunguem, unidos pela mesma fé. Porque essa necessidade da comunidade na adoção é o principal tormento de cada indivíduo e da humanidade inteira, desde o começo dos séculos. É para realizar esse sonho que os homens se têm exterminado pelo gládio. Os povos forjaram deuses e desconfiaram uns dos outros: "Abandonai vossos deuses, adorai os nossos, senão, ai de vós e de vossos deuses!" E assim será até o fim do mundo, mesmo quando os deuses tiverem desaparecido; prosternar-se-ão diante dos ídolos.

Tu não ignoravas, Tu não podias ignorar esse segredo fundamental da natureza humana e, no entanto, repeliste a única bandeira infalível que Te ofereciam e que teria curvado sem contestação todos os homens diante de Ti, a bandeira do pão terrestre; Tu a rejeitaste em nome do pão do Céu e da liberdade! Vê o que fizeste em seguida, sempre em nome da liberdade! Não há, repito-Te, preocupação mais aguda para o homem que encontrar o mais cedo possível um ser a quem delegar esse dom da liberdade que o infeliz traz consigo ao nascer.

"Mas, para dispor da liberdade dos homens, é preciso dar-lhes a paz da consciência. O pão Te garantia o êxito; o homem se inclina diante de quem lhe dá, porque é uma coisa incontestável, mas se um outro se torna senhor da consciência humana largará ali mesmo o Teu pão para seguir aquele que cativa sua consciência. Nisso Tu tinhas razão, porque o segredo da existência humana consiste não somente em viver, mas ainda em encontrar um motivo de viver. Sem uma ideia nítida da finalidade da existência, o homem prefere renunciar a ela e se destruirá em vez de ficar na Terra, embora cercado de montes de pão. Mas o que aconteceu? Em lugar de Te apoderares da liberdade humana, Tu ainda a estendeste! Esqueceste-Te então de que o homem prefere a paz e até mesmo a morte à liberdade de discernir o bem e o mal? Não há nada de mais sedutor para o homem do que o livre-arbítrio, mas também nada de mais doloroso. E em lugar de princípios sólidos que teriam tranquilizado para sempre a consciência humana, Tu escolheste noções vagas, estranhas, enigmáticas, tudo quanto ultrapassa a força dos homens, e com isso agiste como se não os amasses, Tu, que vieras dar Tua vida por eles! Aumentaste a liberdade humana em vez de confiscá-la e assim impuseste para sempre ao ser moral os pavores dessa liberdade. Querias ser livremente amado, voluntariamente seguido pelos homens fascinados. Em lugar da dura lei antiga, o homem devia doravante, com coração livre, discernir o bem e o mal, não tendo para se guiar senão Tua imagem, mas não previas que ele repeliria afinal e até contestaria Tua imagem e Tua liberdade, esmagado sob essa carga terrível: a liberdade de escolher? Gritarão por fim que a verdade não estava em Ti, do contrário não os terias deixado numa incerteza tão angustiante, com tantas preocupações e problemas insolúveis. Preparaste assim a ruína de Teu reino. Não acuses ninguém. Entretanto, era isso que Te propunham? Há três forças, as únicas que podem subjugar para sempre a consciência desses fracos revoltados, a saber: o milagre, o mistério, a autoridade! Tu rejeitaste todas três, dando assim um exemplo. O Espírito terrível e profundo havia-Te transportado ao pináculo e havia-Te dito: "Queres saber se és o Filho de Deus? Lança-Te daqui abaixo, porque está escrito que os anjos O sustentarão e O carregarão, e Ele não sofrerá nenhum ferimento. Saberás então se és o Filho de Deus e provará assim Tua fé em Teu Pai." Mas repeliste essa proposta, não Te precipitaste. Mostraste então uma altivez sublime, divina, mas os homens, raça fraca e revoltada, não são deuses! Sabias que, dando um passo, um gesto para Te precipitares, terias tentado o Senhor e perdido a fé n'Ele, ter-Te-ias rebentado sobre aquela Terra que vinhas salvar, para grande alegria do tentador. Mas há muitos como Tu? Podes admitir um instante que os homens teriam a força de suportar semelhante tentação? É próprio da natureza humana repelir o milagre e nos momentos graves da vida, diante das questões capitais e dolorosas, agarrar-se à livre decisão do coração? Oh! Tu sabias que Tua firmeza seria relatada nas Escrituras, atravessaria as idades e iria até as regiões mais longínquas, e esperavas que, seguindo Teu exemplo, o homem se contentasse com Deus, sem recorrer ao milagre. Mas ignoravas que o homem rejeita Deus ao mesmo tempo que o milagre, porque é sobretudo o milagre que ele procura. E, como não saberia passar sem ele, forja novos, os seus próprios, inclinar-se-á diante dos prodígios de um mágico, dos sortilégios de uma feiticeira, ainda que seja um revoltado, um herege, um ímpio confesso. Tu não desceste da cruz, quando zombavam de Ti e gritavam-Te por escárnio: "Desce da cruz e creremos em Ti." Não o fizeste, porque de novo não quiseste sujeitar o homem por meio de um milagre. Desejavas uma fé livre e não inspirada pelo maravilhoso. Tinhas necessidade de um livre amor e não dos transportes servis de um escravo aterrorizado. Aí ainda fazias ideia demasiado elevada dos homens, porque são escravos, embora tenham sido criados rebeldes.

Vê e julga, após quinze séculos decorridos: quem elevaste até a Ti? Juro, o homem é mais fraco e mais vil do que pensavas. Pode ele realizar o mesmo que Tu? A grande estima que tinhas por ele fez mal à compaixão. Exigiste demasiado dele. Tu, no entanto, que o amavas mais do que a Ti mesmo! Estimando-o menos, ter-lhe-ias imposto um fardo mais leve, mas em relação com Teu amor. Ele é fraco e covarde. Que importa que no presente se insurja por toda parte contra nossa autoridade e se mostre orgulhoso de sua revolta? É o orgulho de jovens escolares que se amotinaram em aula e expulsaram seu mestre. Mas a alegria dos garotos terá fim e lhes custará caro. Derrubarão os templos e inundarão a Terra de sangue. Mas perceberão por fim, essas crianças estúpidas, que são apenas fracos revoltosos, incapazes de revoltar-se por muito tempo. Derramarão lágrimas bobas e compreenderão que o Criador, fazendo-os rebeldes, quis zombar deles, certamente. Gritarão contra Ele com desespero, e essa blasfêmia torná-los-á ainda mais infelizes, porque a natureza humana não tolera a blasfêmia e acaba sempre por vingar-se dela. Assim, a inquietação, a perturbação, a desgraça são a partilha dos homens, após os sofrimentos que suportaste pela liberdade deles. Teu eminente profeta diz, na sua visão simbólica, que viu todos os participantes da primeira ressurreição e que havia doze mil para cada tribo. Para serem tão numerosos, deveriam ser mais que homens, quase deuses. Suportaram Tua cruz e a existência no deserto, nutrindo-se de gafanhotos e de raízes; certamente, podes orgulhar-Te desses filhos da liberdade, do livre amor, de seu sublime sacrifício em Teu nome. Mas lembra-Te, não eram eles senão alguns milhares e quase deuses, e o resto? É falta deles, dos outros, dos fracos humanos, se não puderam suportar o que suportam os fortes? A alma fraca é culpada por não poder conter dons tão terríveis? Vieste, na verdade, apenas para os eleitos? Então, é um mistério, incompreensível para nós, e teremos o direito de pregá-lo aos homens, de ensinar que não é a livre decisão dos corações nem o amor que importam, mas o mistério, ao qual eles devem submeter-se cegamente, apesar de sua consciência. É o que temos feito. Corrigimos Tua obra baseando-a no milagre, no mistério, na autoridade. E os homens regozijaram-se por ser de novo levados como um rebanho e libertados daquele dom funesto que lhes causava tais tormentos. Tínhamos razão de agir assim, dize-me? Não era amar a humanidade compreender sua fraqueza, aliviar seu fardo com amor, tolerar mesmo o pecado à sua fraca natureza, contanto que fosse com nossa permissão? Por que então vir entravar nossa obra? Por que guardas Tu o silêncio, fixando-me com Teu olhar penetrante e terno? É preferível que Te zangues, não quero o Teu amor, porque eu mesmo não Te amo. Por que haveria eu de dissimular isto? Sei a quem falo, Tu conheces o que tenho a dizer-Te, vejo-o nos Teus olhos. Cabe a mim esconder-Te nosso segredo? Talvez o queiras ouvir de minha boca. Ei-lo: não estamos Contigo, mas com ele, já há muito tempo. Há justamente oito séculos que recebemos dele esse derradeiro dom que Tu repeliste com indignação, quando ele Te mostrava todos os reinos da Terra; aceitamos Roma e o gládio de César e declaramo-nos os únicos reis da Terra, se bem que até agora não tenhamos tido ainda tempo de completar nossa obra. Mas de quem é a culpa? Oh! O negócio está apenas começado, bem longe de ser completado, e a Terra terá de sofrer ainda muito, mas atingiremos nosso fim, seremos césares e então pensaremos na felicidade universal.

"Entretanto, terias podido então tomar o gládio de César. Por que repeliste esse derradeiro dom? Seguindo esse terceiro conselho do poderoso Espírito, realizavas tudo quanto os homens procuram na Terra: um senhor diante de quem inclinar-se, um guarda de sua consciência e o meio de se unirem finalmente na concórdia em uma comunidade de formigueiro, porque a necessidade da união universal é o terceiro e derradeiro tormento da raça humana. A humanidade sempre teve tendência, no seu conjunto, para organizar-se sobre uma base universal. Houve grandes povos de história gloriosa, mas, à medida que se elevaram, sofreram mais, experimentando mais fortemente que os outros a necessidade da união universal. Os grandes conquistadores, os Tamerlão e Gengis Khan, que percorreram a Terra como um furacão, encarnavam, eles também, sem ter consciência disso, essa aspiração dos povos à unidade. Aceitando a púrpura de César, terias fundado o império universal e dado a paz ao mundo. De fato, quem está qualificado para dominar os homens senão aqueles que lhes dominam a consciência e dispõem de seu pão? Tomamos o gládio de César e, assim fazendo, nós Te abandonamos para segui-lo. Oh! Decorrerão ainda séculos de licença intelectual, de vã ciência e de antropofagia, porque será nisso que eles acabarão, depois de ter edificado sua torre de Babel sem nós. Mas então a besta virá para nós arrastando-se, lamberá nossos pés, regá-los-á com lágrimas de sangue. E nós montaremos nela, ergueremos no ar uma taça em que estará gravada a palavra: "Mistério." Então somente a paz e a felicidade reinarão sobre os homens. Tu Te orgulhas de Teus eleitos, mas não passam de uma elite, ao passo que nós daremos o repouso a todos. Aliás, entre esses fortes destinados a ser eleitos, quantos se cansaram por fim de esperar-Te, levaram e levarão ainda a outras partes as forças de seu espírito e o ardor de seu coração, quantos acabarão por insurgir-se contra Ti em nome da liberdade! Mas serás Tu que a terás dado. Nós tornamos todos os homens felizes, e as revoltas e os massacres inseparáveis de Tua liberdade cessarão. Nós os persuadiremos de que só serão verdadeiramente livres abdicando de sua liberdade em nosso favor. Pois bem, diremos a verdade ou mentiremos? Convencer-se-ão eles próprios de que dizemos a verdade, porque se lembrarão daquela servidão e daquela perturbação em que os mergulhou a Tua liberdade. A independência, o livre pensamento, a ciência tê-los-ão deixado num tal labirinto, posto em presença de tais prodígios, de tais enigmas, que uns, rebeldes furiosos, destruir-se-ão a si mesmos, e os outros, rebeldes, mas fracos, multidão covarde e miserável, se arrastarão a nossos pés, gritando: "Sim, tínheis razão, somente vós possuíeis Seu segredo e nós voltamos a vós; salvai-nos de nós mesmos!" Sem dúvida, recebendo de nós os pães, verão que tomamos os deles, ganhos com seu próprio trabalho, para distribuí-los, sem nenhum milagre; verão que não transformamos as pedras em pão; mas o que lhes causará mais prazer que o próprio pão será recebê-lo de nossas mãos! Porque se lembrarão de que outrora o próprio pão, fruto de seu trabalho, virava pedra em suas mãos, ao passo que, quando voltaram a nós, as pedras se transformaram em pão.

Compreenderão o valor da submissão definitiva. E, enquanto os homens não a tiverem compreendido, serão infelizes. Quem mais contribuiu para essa incompreensão, dize-me? Quem dividiu o rebanho e dispersou-o por estradas desconhecidas? Mas o rebanho se recomporá, voltará a obedecer, e isso será para sempre. Então, daremos a eles uma felicidade mansa e humilde, uma felicidade adaptada a criaturas fracas como eles. Nós os persuadiremos, por fim, a não se orgulharem, porque foste Tu, elevando-os, quem os ensinou a serem orgulhosos; provar-lhes-emos a eles que são débeis, que são crianças dignas de dó, mas que a felicidade infantil é a mais deleitável. Tornar-se-ão tímidos, não nos perderão de vista e se comprimirão contra nós com medo, como uma tenra ninhada sob a asa materna. Sentirão uma surpresa medrosa e terão orgulho de toda aquela energia e inteligência que nos permitiram domar a multidão inumerável dos rebeldes. Nossa cólera fá-los-á tremer, a timidez dominá-los-á, seus olhos tornar-se-ão lacrimosos como os das crianças e das mulheres; mas, a um sinal nosso, passarão facilmente ao riso e à alegria, à alegria radiosa das crianças. Certamente sujeitá-los-emos ao trabalho, mas nas horas de lazer organizaremos sua vida como um brinquedo de criança, com cantos, coros, danças inocentes. Até permitiremos que pequem — são fracos — e nos amarão por causa disso como crianças. Dir-lhes-emos que todo pecado será redimido, se for cometido com nossa permissão; por amor é que lhes permitiremos que pequem e assumiremos o castigo de tais pecados. Amar-nos-ão como a benfeitores que assumem a carga de seus pecados perante Deus. Não terão segredo algum para conosco. De acordo com seu grau de obediência, permitir-lhes-emos ou proibir-lhes-emos que vivam com suas mulheres e suas amantes, que tenham filhos ou não tenham, e eles nos escutarão com alegria. Submeter-nos-ão os segredos mais penosos de sua consciência, resolveremos todos os casos, e eles aceitarão nossa decisão com alegria, porque ela lhes poupará a grave preocupação de resolverem eles mesmos livremente. E todos serão felizes, milhões de criaturas, exceto uns cem mil, seus diretores, exceto nós, os depositários do segredo. Os felizes serão bilhões, e haverá cem mil mártires encarregados do conhecimento maldito do bem e do mal. Morrerão tranquilamente, extinguir-se-ão mansamente em Teu nome e no outro mundo nada encontrarão senão a morte. Mas nós guardaremos o segredo; nós os ninaremos, para sua felicidade, com uma recompensa eterna no Céu. Porque, se houvesse outra vida, não seria certamente para criaturas como eles. Profetiza-se que voltarás para vencer de novo, cercado de Teus eleitos, poderosos e orgulhosos; diremos que eles só salvaram a si mesmos, ao passo que nós salvamos o mundo inteiro. Dizem que a fornicadora, montada na besta e tendo nas mãos a taça do mistério, será desonrada, que os fracos se revoltarão de novo, rasgarão sua púrpura e desnudarão seu corpo "impuro". Eu me levantarei então e Te mostrarei os bilhões de felizes que não conheceram o pecado. E nós, que nos sobrecarregaremos com seus pecados, para sua felicidade, nós nos ergueremos diante de Ti, dizendo: "Não Te tememos; também eu estive no deserto, vivi de gafanhotos e de raízes; também eu abençoei a liberdade com que gratificaste os homens e me preparava para figurar entre Teus eleitos, os poderosos e os fortes, ardendo por completar o número. Mas dominei-me e não quis servir a uma causa insensata. Voltei a juntar-me àqueles que corrigiram Tua obra. Abandonei os orgulhosos, voltei aos humildes para fazer a felicidade deles. O que Te digo realizar-se-á, e nosso império edificar-se-á. Repito-Te, amanhã, a um sinal meu, verás aquele rebanho dócil trazer carvões acesos para a fogueira a que subirás, por teres vindo estorvar nossa obra. Porque, se alguém mereceu mais que todos a fogueira, foste Tu. Amanhã, queimar-Te-ei. *Dixi*."[26]

Ivan parou. Exaltara-se ao discorrer e falava com animação; ao terminar, sorriu.

Aliócha escutara em silêncio, com uma emoção extrema. Por várias vezes tinha querido interromper seu irmão, mas contivera-se.

— Mas... é absurdo! — exclamou, corando. — Seu poema é um elogio de Jesus e não uma censura... como você queria. Quem

[26] "Tenho dito." Expressão latina empregada antigamente no final dos discursos. (N. T.)

acreditará no que diz da liberdade? É assim que se deve compreendê-la? É essa a concepção da Igreja Ortodoxa?... É Roma, e não toda, são os piores elementos do Catolicismo, os inquisidores, os jesuítas!... Não existe personagem fantástico como o seu inquisidor. Quais são esses pecados dos outros dos quais se assume a carga? Quem são esses detentores do mistério, que se encarregam do anátema pela felicidade dos homens? Quando se viu isso? Conhecemos os jesuítas, fala-se mal deles, mas são semelhantes aos seus? De modo algum!... É simplesmente o exército romano, o instrumento da futura dominação universal, com um imperador, o pontífice romano, à sua frente... eis o ideal deles, não há aí mistério nenhum nem tristeza sublime... A sede de reinar, a vulgar cobiça dos vis bens terrestres... uma espécie de servidão futura em que eles se tornariam proprietários de terras... eis tudo. Talvez mesmo não creiam em Deus. Seu inquisidor não passa de uma ficção...

— Pare, pare! — disse, rindo, Ivan. — Como está exaltado! Uma ficção, você diz? Pois seja, evidentemente. No entanto, crê verdadeiramente que todo o movimento católico dos últimos séculos seja apenas inspirado pela sede do poder, em vista somente dos bens terrestres? Não será o padre País quem lhe ensina isso?

— Não, não, pelo contrário, o padre Paísi falou uma vez no mesmo sentido que você... mas, decerto, não disse exatamente a mesma coisa — emendou Aliócha.

— Eis uma informação preciosa, apesar do seu "não exatamente a mesma coisa". Mas por que os jesuítas e os inquisidores ter-se-ão unido unicamente em vista da felicidade terrestre? Não se pode encontrar entre eles um só mártir, presa de um nobre sofrimento e amando a humanidade? Suponhamos que entre essas criaturas sedentas somente de bens materiais seja encontrada uma só como o meu velho inquisidor, que viveu de raízes no deserto e esforçou-se para domar seus sentidos a fim de se tornar livre, para atingir a perfeição; no entanto, sempre amou a humanidade. De repente, vê claro, dá-se conta de que é uma felicidade medíocre atingir a liberdade perfeita, quando milhões de criaturas permanecem para sempre desgraçadas, demasiado fracas para usar sua liberdade, que esses revoltados débeis não poderão jamais terminar sua torre, e de que não é para esses gansos que o Grande Idealista sonhou Sua harmonia. Depois de ter compreendido tudo isso, meu inquisidor volta atrás e... alia-se às pessoas de espírito. Será impossível?

— Alia-se a quem, a que pessoas de espírito? — exclamou Aliócha, quase zangado. — Não têm espírito, não detêm mistérios, nem segredos... O ateísmo é o segredo deles. Seu inquisidor não crê em Deus.

— Pois bem, e se fosse assim? Você adivinhou, afinal. É isso, é todo o segredo, mas não é um sofrimento, pelo menos para um homem como ele, que sacrificou sua vida a seu ideal no deserto e não cessou de amar a humanidade? No declínio de seus dias, convence-se claramente de que somente os conselhos do grande e terrível Espírito poderiam tornar suportável a existência dos revoltados débeis, "desses seres abortados, criados por escárnio". Compreende que é preciso escutar o Espírito profundo, esse Espírito de morte e de ruína, e para fazer isso admitir a mentira e a fraude, conduzir conscientemente os homens à morte e à ruína, enganando-os durante o caminho todo, para ocultar-lhes para onde os leva, e para que esses lastimáveis cegos tenham a ilusão da felicidade. Note isto: a fraude em nome d'Aquele no qual o velho acreditou ardentemente durante toda a sua vida! Não é uma desgraça? E se se encontra, seja apenas uma criatura semelhante, à frente desse exército "ávido de poder em vista apenas de bens vis", não é bastante para suscitar uma tragédia? Bem mais ainda, basta um só chefe semelhante para encarnar a verdadeira ideia diretriz do Catolicismo romano, com seus exércitos e seus jesuítas, a ideia superior. Declaro-lhe que estou convencido de que esse tipo único jamais faltou entre os que estão à frente do movimento. Quem sabe se não houve alguns entre os pontífices romanos? Quem sabe? Talvez aquele maldito velho, que ama tão obstinadamente a humanidade à sua maneira, exista ainda agora em vários exemplares, e isso não por efeito do acaso, mas sob a forma de uma aliança, de uma liga secreta, organizada há muito tempo para manter o mistério, roubá-lo dos desgraçados e dos fracos, para torná-los felizes? Certamente deve ser assim, é fatal. Imagino mesmo que os franco-maçons têm um mistério análogo na base de sua doutrina, e é por isso que os católicos odeiam os franco-maçons; veem neles uma concorrência à difusão da ideia única, quando deve haver um só rebanho sob um só pastor. Aliás, defendendo meu pensamento, pareço um autor que não suporta sua crítica. Basta disso.

— Talvez você mesmo seja um franco-maçom — Aliócha deixou escapar de repente. — Não crê em Deus — acrescentou com profunda tristeza. Parecera-lhe que seu irmão o olhava com ar zombeteiro. — Como acabou seu poema? — continuou, de olhos baixos. — Ou, já acabou?

— Queria acabá-lo assim: o inquisidor se cala, espera um momento a resposta do Prisioneiro. Seu silêncio lhe pesa. O Cativo escutou-o o tempo todo, fixando-o com Seu olhar penetrante e calmo, visivelmente decidido a não lhe dar resposta. O velho queria que Ele lhe dissesse alguma coisa, até mesmo palavras amargas e terríveis. De repente, o Prisioneiro aproxima-se em silêncio do nonagenário e beija-lhe os lábios exangues. É toda a Sua resposta. O velho estremece, seus lábios tremem, vai até a porta, abre-a e diz: "Vai-Te e não volta mais... nunca mais!" E deixa que Ele se vá pelas trevas da cidade. O Prisioneiro sai.

— E o velho?

— O beijo queima-lhe o coração, mas ele persiste na sua ideia.

— E você está com ele, você também! — exclamou amargamente Aliócha.

— Que absurdo, Aliócha! É apenas um poema destituído de sentido, a obra de um fedelho estudante que jamais fez versos. Pensa que vou agora meter-me com os jesuítas, juntar-me àqueles que corrigiram Sua obra? Oh, Senhor! Que me importa? Já lhe disse: assim que atingir os meus trinta anos, quebrarei a taça.

— E os brotos tenros, os túmulos queridos, o céu azul, a mulher amada? Como viverá, qual será seu amor por eles? — perguntou Aliócha, cheio de dor. — Pode-se viver com tanto inferno no coração e na cabeça? Sim, você vai juntar-se a eles... se não, se suicidará, desesperado.

— Há em mim uma força que resiste a tudo! — declarou Ivan, com um frio sorriso.

— Qual?

— A dos Karamázov... a força que eles extraem de sua baixeza.

— Quer dizer mergulhar na corrupção, perverter sua alma, não é?

— Poderia ser isso também... Talvez escape disso até os trinta anos e depois...

— Como poderá escapar disso? É impossível, com suas ideias.

— Também karamazovianas!

— Quer dizer que "tudo é permitido", não é?

Ivan franziu o cenho e empalideceu estranhamente.

— Você se prendeu àquela frase de ontem que tanto ofendeu Miúsov... e que Dimítri repetiu tão ingenuamente. Então seja, "tudo é permitido", já que se disse isso. Não me retrato. Aliás, Mítia formulou-a bastante bem.

Aliócha examinava-o em silêncio.

— Na véspera de partir, meu irmão, pensava que eu só tinha você no mundo, mas vejo agora que, mesmo em seu coração, não há mais lugar para mim, meu caro eremita. Não renegarei essa fórmula de que "tudo é permitido" e será você então que me renegará, não é?

Aliócha aproximou-se dele e beijou-lhe suavemente os lábios.

— É um plágio! — exclamou Ivan, de súbito exaltado. — Você tirou isto do meu poema. Agradeço, no entanto. É tempo de partir, Aliócha, para você e para mim.

Saíram. No patamar, pararam.

— Escute, Aliócha — disse Ivan num tom firme —, se posso ainda amar os brotos primaveris, será graças à sua lembrança. Para mim, bastará saber que você está aqui, em alguma parte, para retomar o gosto pela vida. Está contente? Se quiser, tome isso como uma declaração de amizade. Agora, sigamos cada qual para seu lado. E chega, você me entende? Quer dizer que, se não partir amanhã (o que não é provável) e nos encontrarmos de novo, nem uma palavra a respeito dessas questões. Peço-lhe formalmente. E quanto a Dimítri, rogo também que não me fale mais dele, nunca mais. O assunto está esgotado, não?

Em troca, prometo-lhe, aos trinta anos, quando eu quiser "atirar minha taça", voltar a conversar com você onde quer que você se encontre, ainda que eu esteja na América. Interessar-me-á muito então ver o que você se tornou. É uma promessa solene, de fato. Nós nos despedimos por dez anos, talvez. Vá ver seu *Pater seraphicus,* que está morrendo; se morresse em sua ausência, ficaria zangado comigo porque o retive. Adeus; beije-me mais uma vez, e agora vá...

Ivan afastou-se e seguiu seu caminho sem voltar-se para trás. Fora assim que Dimítri partira na véspera, em condições muitíssimo diferentes, é verdade. Essa observação estranha atravessou como uma flecha o espírito entristecido de Aliócha. Ficou alguns instantes acompanhando seu irmão com o olhar. De repente percebeu, pela primeira vez, que Ivan gingava ao andar e que tinha, visto de costas, o ombro direito mais baixo que o outro. Mas de repente Aliócha deu meia-volta e dirigiu-se quase correndo para o mosteiro. A noite caía; estava inquieto, invadido por um pressentimento indefinível. Como na véspera, o vento soprou e os pinheiros centenários farfalharam lugubremente quando entrou no bosque do eremitério. Quase corria. "*Pater seraphicus,* de onde ele tirara esse nome? Ivan, pobre Ivan, quando tornarei a vê-lo?... Aqui está o eremitério, Senhor! Sim, é ele, o *Pater seraphicus,* que me salvará... dele para sempre!"

Sobre o autor

Fiódor Mikhailovich Dostoiévski nasceu em Moscou, em 1821. Após publicar alguns romances e contos, entre eles "Noites brancas" (1848), foi preso por participar de um grupo intelectual liberal chamado Círculo Petrashevski, acusado de conspirar contra o czar Nicolau I. Ficou preso por cinco anos e depois exilado na Sibéria. Esta e outras experiências, como a epilepsia que o acompanhou por toda a vida, marcaram sua obra posterior. Em 1861, escreveu *Humilhados e ofendidos* e, em 1862, *Recordações da casa dos mortos*, sobre os presos enviados pelo governo russo à Sibéria.

Dostoiévski publicou a maior parte de seus romances em jornais, sempre pressionado por dívidas. Apesar disso, escreveu algumas das obras mais importantes da literatura moderna, como *Crime e castigo* (1866), *Os possessos* (1872) e *Os irmãos Karamázov* (1879-1880). Faleceu em 1881, em São Petersburgo.

Conheça os títulos da

Coleção Clássicos para Todos

A abadia de Northanger – Jane Austen
A arte da guerra – Sun Tzu
A revolução dos bichos – George Orwell
Alexandre e César – Plutarco
Antologia poética – Fernando Pessoa
Apologia de Sócrates – Platão
Auto da Compadecida – Ariano Suassuna
Como manter a calma – Sêneca
Do contrato social – Jean-Jacques Rousseau
Dom Casmurro – Machado de Assis
Feliz Ano Novo – Rubem Fonseca
Frankenstein ou o Prometeu moderno – Mary Shelley
Hamlet – William Shakespeare
Manifesto do Partido Comunista – Karl Marx e Friedrich Engels
Memórias de um sargento de milícias – Manuel Antônio de Almeida
Notas do subsolo & O grande inquisidor – Fiódor Dostoiévski
O albatroz azul – João Ubaldo Ribeiro
O anticristo – Friedrich Nietzsche
O Bem-Amado – Dias Gomes
O livro de cinco anéis – Miyamoto Musashi
O pagador de promessas – Dias Gomes
O Pequeno Príncipe – Antoine de Saint-Exupéry
O príncipe – Nicolau Maquiavel
Poemas escolhidos – Ferreira Gullar
Rei Édipo & Antígona – Sófocles
Romeu e Julieta – William Shakespeare
Sonetos – Camões
Triste fim de Policarpo Quaresma – Lima Barreto
Um teto todo seu – Virginia Woolf
Vestido de noiva – Nelson Rodrigues

Direção editorial
Daniele Cajueiro

Editora responsável
Ana Carla Sousa

Produção editorial
Adriana Torres
Júlia Ribeiro
Laiane Flores
Daniel Dargains

Revisão
Luisa Suassuna
Bruno Fiuza
Juliana Travassos

Diagramação
Alfredo Rodrigues

Capa
Sérgio Campante

Este livro foi impresso em 2022
para a Nova Fronteira.